Lea Müller

Anders als erwartet

Band 2: Meine Jugendjahre

Edition Lagarto

Dieses Buch wurde auf chlor- und
säurefreies Papier gedruckt.

1. Auflage 2012

Titelfoto: © Lea Müller
Titelgestaltung: Heinz Kasper, www.printundweb.com

Satz: Heinz Kasper, www.printundweb.com

Druck und Verarbeitung: E. Kurz + Co., Druck und
Medientechnik GmbH, Stuttgart www.e-kurz.de

Printed in Germany

ISBN: 978-3-9523931-2-3

Herausgegeben von Lea Müller, Santa Cruz de Tenerife
in Zusammenarbeit mit Edition Lagarto
www.edition-lagarto.ch

Tante Ruth

Im Dezember 1952 wurde ich 16 Jahre alt. An Weihnachten bekam ich von meiner lieben Tante Ruth ein Maniküre-Etui. Darin befand sich nebst Scherchen eine Nagelfeile etc., dazu noch ein kleiner rosa Lippenstift und ein ganz leicht rosafarbener Nagel-Lack. Meine Mutti empörte sich über dieses Geschenk. «Was ist nur meiner jungen Schwester in den Kopf gefahren, einem Kind solche Sachen zu schenken und dies noch auf Weihnachten.»

Papa hingegen gefiel diese Geste sehr gut und er lachte Mutti nur aus. Dann las ich mit Stolz den Brief von meiner Tante vor, worin Folgendes stand:

Liebe Lea,

Dir wünsche ich noch nachträglich zu Deinem sechzehnten Geburtstag alles Gute. Da du nun zu einer jungen Dame herangewachsen bist, möchte ich Dich mit meinem Geschenk unterstützen. Trotzdem ich weiss, dass meine Schwester, Deine Mutti, vermutlich nicht einverstanden wäre und Dich lieber noch als ihre kleine Tochter sehen würde …

Nun blieb Mutti wirklich die Spucke weg, sodass sie nichts mehr sagen konnte. Papa und ich hatten die grösste Freude dabei. Ha, ha, ha.

Lager-Leiterin

Hinten: Palace Hotel St. Moritz.

Ich war gerade aus der Schule, als ich bereits gefragt wurde, als Eislaufleiterin für eine Woche in ein Eislauflager zu kommen. Selbstverständlich sei alles kostenlos, aber dafür müsste ich Eislaufunterricht geben. Das hatte ich natürlich gerne gemacht und ich erhielt für diese Zeit freie Tage.

Im Sommer organisiert die katholische Kirche eine dreiwöchige Ferienkolonie für arme Kinder in den Bergen. Man hörte, dass ich im Eislauflager eine verantwortungsvolle Leiterin gewesen wäre und deshalb wurde ich gefragt. Gerne war ich dabei armen Kindern zu helfen und sagte sofort zu.

In den Bergen wohnten wir in zwei verschiedenen Häusern die ca. zwei Gehminuten von einander entfernt waren. In einem Haus wohnten nur Buben und drei Leiter. Im anderen Haus wohnte ich mit allen Mädchen alleine als Leiterin. Das war eine sehr grosse Aufgabe für mich. Der Herr Vikar war Hauptleiter, mit Hilfe von einem jungen Mann. Zum Essen konnten wir glücklicherweise ins Bubenhaus, wo eine Köchin für uns alle kochte.

Am Samstag wollte ich alle Mädchen richtig waschen, damit sie für den Sonntag frische Wäsche anziehen konnten. Es gab weder Bad noch Dusche. Also musste ich in der Waschküche Heisswasser mit Holzfeuer zubereiten. Zum guten Glück hatte ich zu Hause gesehen, wie man das Wasser heiss machen muss. Zum Waschen setzte ich die Kinder in eine Gelte oder Zuber, seifte sie ein und spülte sie mit lauwarmem Wasser ab. Dann wickelte ich sie in ihr eigenes Frottiertuch ein. Abtrocknen mussten sie sich selber. Mit Hilfe der anderen Kinder konnten sie sich wieder frisch anziehen.

Mit mehr als 50 Mädchen war es eine sehr anstrengende Arbeit und eine grosse Verantwortung. Nach drei Wochen war ich fix fertig und leider krank. Hingegen bekam ich von einer Frau, die in der Nähe wohnte, ein Kompliment, dass noch nie zuvor jemand die Kinder so gut versorgt hätte. Dies war mein grösster Lohn. Jedoch ich selber hatte genug und sagte mir: «Einmal, aber nicht wieder!»

Doch ins Eislauflager ging ich ganz gerne, weil ich dort nur für den Eislaufunterricht zuständig war. Ich wurde für diverse

Eislauflager gefragt und später auch von den Aussengemeinden, um im Lager Eislaufunterricht zu geben. Ich war einmal in Klosters, dann in Davos und im Engadin, in St. Moritz Bad und auch in Samedan. So konnte ich im Winter oft zweimal eine Woche in die Berge und an die Sonne verreisen.

Für meine Leistungen bekam ich eine Einladung, für eine Woche kostenloses Trainer- und Ferienlager in Mürren im Berner Oberland. Das war natürlich eine nette Geste, weil ich sehr viel Neues lernen konnte.

Unterhaltungsabend

Mit meinen Eltern durfte ich an eine Unterhaltung, Theater und anschliessendem Tanzabend. Ein junger Bursche forderte mich zum Tanzen auf und wieder, immer wieder. Dann fragte er mich: «Würdest du mich begleiten zum Abschlussball der Metallschule?»

Voller Staunen sagte ich: «Was, an einen richtigen Ball? Das wäre toll, aber ich weiss nicht ob ich darf.»

Kurz entschlossen kam er zu meinen Eltern und fragte, ob er mich einladen dürfe. Meinen Eltern machte diese Art einen guten Eindruck und sie stimmten zu. Für mich war das ganz super, der erste Ball. Ich durfte zur Schneiderin, die für mich ein Ballkleid nähen musste. Es durfte extra schön sein. Ich bekam zum Auslesen St. Galler Stickereistoffe, von welchen mir der hellblaue am besten gefiel. Natürlich befahl Mutti, für ein 16-jähriges Mädchen müsse es hochgeschlossen sein und mit Bubikragen und mit Puffärmelchen versehen werden, trotzdem dürfe es bodenlang sein. Ich hatte mir zwar ein anderes Modell für ein Ballkleid vorgestellt, aber Mutti erlaubte dies nicht.

Damit dieser junge Mann Max und ich uns etwas kennenlernten, lud er mich am Sonntagnachmittag ins Kino ein zu einem Operetten-Film. Ich glaube es war «Die Csárdásfürstin» mit Marika Rökk, das durfte man ab 16 Jahren ansehen. Max holte mich zu Hause ab. Nach dem Film machten wir uns zu Fuss auf den Heimweg zu mir nach Hause und machten sogar einem Umweg. Vor der Türe plauderten wir noch lange. Max wollte mich küssen, aber da sträubte ich mich sehr. Ich machte allerhand Bewegungen, sobald er sich näherte. Plötzlich rief Mutti: «Es ist Zeit, um hereinzukommen.»

Sogleich verabschiedete ich mich und ging ins Haus. Aber da stand Mutti und sagte zu mir: «Du bist am Ball gewesen.»

Das wird sicher nicht ihr Ernst gewesen sein, dachte ich.

Am andern Tag als ich dem Mädchen Trudi beim Abwaschen half, wollte sie wissen, ob wir uns geküsst hätten. Darauf hin erklärte sie mir, wie das genau vor sich geht. Ich fand es abscheulich, aber Trudi versicherte mir: «So ein Zungenkuss ist etwas ganz Schönes. Natürlich bist du Max verpflichtet, mindestens einen Zungenkuss zu geben weil er dich zum Ball einlud.»

Ach, mir graute es vor so etwas Ekligem und mit solcher Verpflichtung wäre es mir lieber, nicht an den Ball zu gehen.

Zum Glück meinte Mutti es wirklich ernst mit: «Du bist am Ball gewesen.»

Sie glaubte mir weh zu tun, wenn ich nicht an den Ball dürfe. Aber nun, unter solchen Umständen war ich sogar froh darum.

In der Gewerbeschule mit Ruth

Ich wollte eine gute Haushälterin werden und so besuchte ich ein Jahr lang die Hauswirtschafts-Schule. Unsere Klasse war geteilt in Teddy-Girls und unseren Teil, den eher Konservativen. Davon war meine Freundin Ruth die Anführerin mit meiner Unterstützung.

In der Handarbeit hatten wir eine junge, liebe und hübsche Lehrerin, aber im Kochen und Haushalt eine verbitterte

Jungfer. Sie kämmte ihre Haare streng zurück zu einem Riebel. Auch trug sie eine Brille mit runden Gläsern und ihre Stimme war dementsprechend hoch. Eine richtige Klapperschlange.

Ich hatte zum ersten Mal Dauerwellen und meine Haare waren etwas nachgewachsen. Nach der Haarwäsche waren meine Haare ziemlich trocken und luftig. Da sagte die Klapperschlange zu mir: «Sie kommen daher wie ein Strubelpeter mit ihrem Haarschopf.»

Eines Tages bekamen wir unseren Klausur-Zettel zurück. Die Klapperschlange schimpfte: «Ihr alle hattet die Klausur schlecht beantwortet und seid so eine unmögliche, schlechte Klasse, dass ich euch keine guten Noten machen kann.»

Klar, auf diese Art machte die Jungfer uns keinen Eindruck. Aus lauter Unmut begann ich mit dem Klausur-Zettel ein Schiffchen zu falten, was mir einige Kameradinnen nachmachten. Deshalb mussten meine Freundin und ich zur Strafe zurückbleiben und eine Arbeit erledigen, weil wir die Anstifterinnen waren. Doch das machte uns überhaupt nichts aus, hingegen fühlte sich die Klapperschlange damit wieder provoziert.

Im Kochen lernten wir einfache und schmackhafte Menus herzustellen, welche wir nachträglich verspeisen durften. Einmal gab es Kirschenkompott, der war ausgezeichnet gut, trotzdem kam Ruth und mir ein Blödsinn in den Sinn. Wir legten eine Kirsche auf den Löffel, den wir mit einer Hand festhielten und mit der anderen Hand zogen wir den Löffel am anderen Ende zurück, und dann liessen wir es mitsamt der Kirsche fortspicken. Plötzlich klebte eine Kirsche an der Wand, wo sie einen grossen, schwarzen Flecken erzeugte. Nun war es aber schlimm! Unser Tisch versuchte schnell fertig zu essen und mit Abwaschen zu beginnen, bevor die Klapperschlange die Kirsche an der Wand entdeckte. Zum guten Glück waren gleich Ferien, in denen das Schulhaus gereinigt wurde. Wirklich, nach den Ferien war der Flecken verschwunden. Diesmal hatten wir Glück!

Per Velo fuhr ich täglich zur Gewerbeschule. Als Teenager waren noch viele mit Latzschürze und handgestrickten Kniestrümpfen gekleidet. Nur sonntags trugen wir ein schönes Kleid und Seidenstrümpfe.

Für die Hausaufgaben sassen Ruth und ich meistens zusammen, entweder bei mir oder bei ihr zuhause. Ruths Bruder studierte am Technikum und arbeitete auch zusammen mit seinem Freund Grill in seinem Zimmer oben im Haus. Beim Nachtessen durften alle Freunde immer auch mitessen. Dann ging es wieder an die Arbeit.

Während der Schlussexamen des Winterthurer Technikums trugen die Absolventen Frack und Zylinder. Jede Klasse montierte einen speziellen Wagen, mit dem sie in der Stadt herumfuhren und sich dazu noch allerhand Schabernack erlaubten.

Als nun Ruths Bruder Pic und Grill im Diplom waren und sie mit dem Wagen bei unserer Schule vorbeifuhren, streckten wir Mädchen natürlich sofort unsere Köpfe aus dem Fenster, riefen und winkten ihnen zu. Das war wieder etwas für die Klapperschlange, die ja sowieso eifersüchtig auf junge attraktive Mädchen war.

Wir hatten gelernt Schnittmuster zu erstellen und Kleider zu nähen. Mit Stolz führten wir nun unsere genähten Kleider vor, zum Fotografieren.

Pic und Grill

Wieder einmal durfte ich bei meiner Freundin Abendessen. Pic setzte sich mir gegenüber und schaute mich speziell verschmitzt an, sodass ich rot wurde. Die Eltern bemerkten es, aber sie sagten nichts. Da ich bei der ganzen Familie gern gesehen war, äusserte sich Pic, er möchte mich gerne näher kennenlernen. Ich war so scheu und vor lauter Angst brachte ich kein Wort heraus. Doch eines Tages, als Ruth und ich mit den Aufgaben fertig waren, verbrachten wir einen Abend zusammen mit Pic und Grill. Ruth und Grill schmusten miteinander neben uns. Schlussendlich konnte ich Pic auch nicht mehr abwehren, es passierte einfach und er verpasste mir den ersten richtigen Kuss. Als Ruth und Grill es bemerkten, lachten sie mich aus. Pic hingegen war überglücklich mich endlich soweit gebracht zu haben. Ich schämte mich einerseits und war immer noch voller Hemmungen, anderseits fand ich so einen Kuss gar nicht so ekelhaft, wie ich es mir vorgestellt hatte.

Ein Studentenfest stand bevor und Pic fragte mich: «Willst du mich an dieses Fest begleiten? Ruth kommt auch, zusammen mit Grill.»

In diesem Fall sagte ich gerne zu und nahm an, dass meine Eltern einverstanden seien. Nun freute ich mich unheimlich darauf. Nach diesem Abend erwartete ich voller Sehnsucht den Studentenabend. Es war ein Couleur-Abend, an den jeder ein Mädchen mitbrachte. Fast den ganzen Abend sangen wir lauter

Studentenlieder. Dazu wurde ein riesig grosser, gläserner Stiefel herumreicht, woraus wir alle Bier tranken.

Pics Studenten-Vater Perk sah aus, wie mein Idol-Mann, von welchem ich träumte. Perk sah mich an und ich wurde rot. Pic bemerkte es, zeigte es aber nicht, hingegen fühlte er sich gekränkt und wurde eifersüchtig.

Perk

Immer schwärmte ich von einem Mann mit schwarzem krausem Haar und wenn möglich einem kleinen Schnäuzchen, so wie Errol Flynn. Nun lernte ich Pics Studentenvater kennen und ich fiel aus allen Wolken, denn der sah genau so aus, nur ohne Schnäuzchen. Gleich erkannte er, dass ich mich für ihn interessierte und deswegen lud er mich bei Gelegenheit für einen Abend ein.

Ich war ja wie verzaubert. Mit meinen 17 Jahren fühlte ich mich zum ersten Mal als kleine Dame. Ich zog mein neues Deux-Pièces an und schminkte meine Lippen leicht. Als Mutti mich fortgehen sah, schimpfte sie: «Du kannst unter der Woche nicht mit dem Sonntagskleid ausgehen.»

«Aber ich habe keine Zeit, um mich umzuziehen, ich bin schon spät dran.»

Und ich lief davon. Zum ersten Mal war es mir einerlei, dass ich Schimpf bekam.

Perk ging mit mir ins Kino. Dann hatte er noch etwas, das er mir mitgeben wollte und so holten wir es in seiner Studentenbude. Ich hatte volles Vertrauen und ungestört konnten wir miteinander schmusen. Aber dann fühlte ich seine warmen Hände, welche über meinen ganzen Körper fegten. Als ich die Hand am Oberschenkel fühlte, musste ich ihm die Leviten verlesen. Alle seine Geschichten kamen bei mir nicht an. Schliesslich brachte er mich enttäuscht zum Tram. Das war's!

Am andern Tag war Mutti sehr wütend. «Was erlaubst du dir, mit dem neusten Kleid mitten in der Woche fortzugehen, das ist unverschämt. Als ich in den Tanzkurs ging, durfte ich nicht einmal den Sonntagsschirm mitnehmen. Meine Mutter hatte mich zurückgerufen, und ich musste mit dem Werktagsschirm zum Tanzkurs. Das war schlimm!»

Aber nun erwiderte ich wütend: «Siehst du, du machst ja genau dasselbe mit mir und du durftest in den Tanzkurs, aber ich darf nicht einmal einen Tanzkurs besuchen, das ist noch viel schlimmer.»

Nun war Mutti aber still.

Da Pic und Grill durch Ruth Bescheid wussten, hatten sie mit Perk eine Wette abgeschlossen, ob er mich ins Bett bekommen könnte. Deswegen musste ich mich sehr stark gegen Perk verteidigen, was ich gar nicht verstehen konnte. Deshalb war der Abend eher hektisch als romantisch geworden.

Max und Tech-Ball

Ein Jahr war vergangen und Max hatte das erste Jahr Technikum hinter sich. Er wollte wieder gutmachen, was vor einem Jahr passiert war. Er fragte mich und meine Eltern, ob ich ihn dieses Jahr zum Ball begleiten dürfe. Gerne ging ich nun an den Ball, das ist doch etwas ganz Besonderes und wegen einem Kuss musste ich nun keine Angst mehr haben. Ich wusste, dass dies etwas Persönliches ist und auf keinen

Fall ein Muss. Reine Freundschaft ist viel wertvoller, und ich durfte mit Freude die Einladung annehmen.

Mit meiner Neuigkeit ging ich sofort zu Ruth. Klar erzählte sie es weiter an ihren Bruder, der aber eifersüchtig war, ohne dass ich es bemerkte, weil er sowieso diverse andere Mädchen ausführte.

Dann sagte Ruth zu mir: «Pic und Grill haben mich über Max aufgeklärt. Max sei die grösste Niete vom ganzen Technikum und werde von allen ausgelacht. Wenn du mit ihm an den Ball gehst, verlierst du dein Ansehen und unsere Freundschaft. Sage Max besser ab, sonst hast du die Achtung von uns allen verloren.»

Also blieb mir nichts anderes übrig, als wieder abzusagen und Max musste leider wieder mit seiner Schwester zum Ball.

Welschland

Meine Eltern wollten mich in ein Institut stecken, wo ich mit meinen 17 Jahren die französische Sprache im Welschland richtig lernen sollte. Meine Freundin Ruth hatte aber einen Platz in Lausanne, als Aupair-Mädchen, wobei sie in einem Haushalt mithelfen konnte und dabei Französisch lernen. Ich wollte nun auch dasselbe, und nicht in einem Institut eingesperrt sein, wo nur Mädchen sind.

Also fanden meine Eltern auch einen guten Platz für mich in Lausanne, wo ich zusammen mit Madame auf den Markt gehe, um Gemüse einzukaufen und ihr beim Kochen helfe. Mit Madame zusammen werde ich den ganzen Haushalt erledigen und dabei werde ich eine gute Aussprache lernen.

Im April, an einem Wochenende, führten mich meine Eltern nach Lausanne zu meinem Arbeits- und Studienplatz. Nachdem ich meine Eltern verabschiedet hatte, bekam ich von Madame folgende Anweisungen: «Morgens vor sechs Uhr die Milch unten vor dem Haus holen, damit sie Punkt sechs Uhr in der Wohnung steht. Dann die Kleidungen von Monsieur und Sohn reinigen, Frühstück zubereiten und ins Esszimmer bringen, welches sich am andern Ende des Gangs um die Ecke befindet. Ausser ‹Bonjour et Bonsoir› wird mit der Familie und Angehörigen nichts gesprochen. Frühstück abtragen, und was übrigbleibt können Sie in der Küche essen. Dann alle Zimmerböden mit dem Staublappen reinigen und dann wischen, natürlich alles gut abstauben, auch die Bilder. (In einem Zimmer waren 82 Bilder und Fotos.) Jeden Tag wird ein anderes Zimmer gründlich geputzt und alles was man tragen kann, wird in den Korridor gestellt, damit alles gründlich geputzt wird.

Dann kommen Sie mit mir Einkaufen, ich habe zwei grosse Körbe für Sie. Danach werden Sie das Mittagessen zubereiten und servieren. Wenn ich läute, können Sie abservieren und das Übriggebliebene dürfen Sie essen. Nach dem Abwaschen wird jeweils der Küchenboden auf den Knien mit der Bürste gewaschen und aufgetrocknet. Morgen in der Früh können Sie mit Ihrer Arbeit anfangen.»

Ich kam mir vor wie die letzte Magd. Am Abend musste ich noch zur Schule und dazu irgendwann noch lernen. Das soll eine Aupair-Stelle sein?

Eines Tags kam Madame mit ihrer giftigen Stimme und sagt: «Es ist unerhört, der Französischlehrer hat mir erzählt, Sie würden während dem Unterricht einschlafen. Was fällt Ihnen ein?»

Klar, an so einen Arbeitstag war ich mich nicht gewöhnt, und wenn ich schon vor sechs Uhr meine Arbeit beginnen musste, konnte ich abends von 9-10 Uhr nicht noch munter sein. Zudem war ich von unserem Geschäft, an etwas anderes gewöhnt, als überflüssiges Putzen zu fabrizieren. Ich hatte zum ersten Mal Heimweh. Das war alles anders, als es mit meinen Eltern abgemacht war. Dazu kam, dass Madame statt Französisch immer in ihrem armen Deutsch mit mir sprach.

Einmal erzählte sie mir: «Ich bin Cousine von Monsieur Piccard, er hoch, hoch in Luft und tief, tief in See.»

Nur am Sonntagnachmittag hatte ich frei bis 18 Uhr. Da konnte ich meinen Eltern schreiben, wie ich hier gehalten wurde und dass ich mein Schulfranzösisch sogar verlerne.

Nach fünf Wochen schlechter Erfahrung besuchten mich meine Eltern und brachten mich an eine neue Stelle, die sie für mich gesucht hatten. Sie fanden nun einen besseren Platz für mich, wo ich mehr Zeit haben würde für mein Französisch und ich mit einem Kind sprechen könnte.

Welschland zweiter Platz

Madame war gar nicht begeistert, als mich meine Eltern abholten. Mutti führte mich nun an die neue Stelle und Papa wartete im Restaurant. Die Hausherrin war Deutschschweizerin, aber sie konnte nur gebrochenes Deutsch sprechen. Ich sollte in erster Linie für die elfjährige Tochter da sein und mit ihr die Schulaufgaben machen. Somit könne ich auch das Französisch mit Leichtigkeit erlernen. Glücklich verabschiedete ich meine Mutti und ging in mein neues Zimmer.

Mein Zimmer war aber nicht in der Wohnung, sondern im Estrich unterm Dach. Es war ganz klein, aber mir gefiel es, aus dem Dachfenster über die Stadt hinweg auf den Genfersee zu schauen. Als ich meine Kleider in den Kasten versorgen wollte, war alles staubig und voller Schaben, auch das Bett. So musste ich zuerst das Bettzeug aufs Fenster legen, damit die Abendsonne noch draufscheinen konnte. Auch den Kasten musste ich zuerst gut reinigen.

Am Morgen, als ich meine Arbeit anfangen wollte, sprach Madame ein perfektes Schweizerdeutsch. Das elfjährige Mädchen musste ich mit Mademoiselle ansprechen. Die Küche war schmutzig und dick voll Fett. Mehrere Tage brauchte ich, um die Küche zu reinigen. Als Belohnung musste ich dann ins

Geschäft, um dort jeweils 100 Nägel in eine Tüte zu verpacken. Um 11:30 musste ich schnell einkaufen und nach Hause eilen, um rechtzeitig für die Familie das Mittagessen aufzutischen. Wenigstens durfte ich mich mit ihnen an den Tisch setzen.

Eines Tages rutschte Madame auf allen Vieren am Boden herum und die elfjährige Tochter, die ich mit Mademoiselle ansprechen musste, ritt auf ihrem Rücken. Dies niedrige Benehmen war höchst schockierend für mich.

Meine Freundin wohnte glücklicherweise nur zehn Minuten weiter weg, wo ich sie abends einmal pro Woche besuchen durfte, und einmal umgekehrt, kam sie zu mir auf Besuch. Sonntagnachmittag hatten wir frei bis 18 Uhr und konnten zusammen in den Ausgang.

Im Herbst kam Ruths Bruder mit seinem Freund nach Lausanne, um die Ausstellung zu besuchen. Ruth und ich fragten um Erlaubnis, für einen ganzen Sonntag frei zu bekommen, von morgens zehn Uhr bis abends zehn Uhr. Das wurde uns bewilligt. Als nun dieser Tag gekommen war, holte mich meine Freundin zusammen mit den beiden Herren ab. Da befahl mir Madame, dass ich noch das Gemüse fürs Mittagessen richten müsse. Meine Freundin half mir dabei, während die beiden Herren draussen warteten. Dann wollte ich mich verabschieden, aber Madame wollte noch etwas anderes, das ich erledigen sollte. Da wurde es meiner Freundin zu dumm und sie sagte: «Du musst dir nicht alles gefallen lassen. Jetzt gehst du und sagst, dass deine Freunde nicht mehr länger warten und um zehn Uhr nachts werden wir wieder zurück sein.»

Ich fasste Mut, ging zu Madame und sagte ihr, was meine Freundin mir vorgekaut hatte. Madame aber sagte unverblümt: «Wenn Sie jetzt gehen, dann müssen Sie um 18 Uhr zu Hause sein.»

«Nein», kam ganz spontan aus meinem Mund.

Madame erwiderte ganz energisch: «Sie sind um 18 Uhr hier oder Sie gehen für immer.»

«Adieu, dann gehe ich halt für immer.»

Draussen weinte ich und bekam Angst, denn meine Eltern würden fürchterlich schimpfen, wenn ich mich so etwas zu tun getraute. Meine Freundin und die beiden Burschen aber waren sich einig, dass ich mir so etwas nicht gefallen lassen solle und versprachen mir: «Am Abend kommen wir keine Minute vor zehn Uhr nach Hause.»

Danach fühlten wir uns glücklich und es war wie früher zu Hause, wo wir mit den Studenten Feste feierten. Dieser Tag war einfach wundervoll!

Bei Madame war es von nun an anders. Ich wurde eingeschlossen und durfte weder zur Freundin, noch zum Französischunterricht. Donnerstag aber kam meine Freundin zu mir. Sie schimpfte, weil ich sie am Dienstag nicht wie üblich besuchte und nicht einmal telefonierte. Jedoch hatte sie ihrer Madame alles erzählt, was vorgefallen war, und so vermutete ihre Madame bereits, welche Probleme ich haben könnte. Deshalb offerierte die Madame meiner Freundin, ich könnte bei ihnen wohnen, bis ich eine andere Stelle gefunden hätte, und riet, zuerst sollte ich meine Madame fragen, wie dies gemeint sei, mit dem, wie sie zitierte: «Um 18 Uhr zurück zu sein oder Sie gehen für immer.» Auch sollte ich ihr sagen, dass ich zur meiner Freundin gehen könne und dort von nun an wohne. Also marschierte ich hinunter in die Stube und fragte Madame, die mir antwortete: «Sie können sogleich gehen.»

«Dann gehe ich jetzt. Adieu!»

Sofort packe ich meinen Koffer und meine Freundin half mir dabei. Aber schon bald danach kam Madame und sagte: «Ihre Eltern haben angerufen. Kommen Sie sofort herunter.»

Natürlich wusste ich, dass es umgekehrt war. Papa war am Telefon, es war seine Stimme, aber die Worte die er sagte waren mir total fremd. «Du Saugoof du, dir will ich, jede Nacht mit den ‹Macac› (Marokkanern) herumzustreichen.»

«Aber Papa, das ist überhaupt nicht der Fall. Man hat dir nicht die Wahrheit gesagt, und mich hat man sogar eingesperrt.»

Doch Papa schrie weiter. Ich hatte Papa noch nie im Leben so gehört, er wusste doch, dass ich ihn nicht anlüge. Dann schrie auch ich: «Papa, Madame hat dich angelogen, ich war nur am Sonntag mit Ruth und ihrem Bruder Pic und Grill zusammen und nur bis Punkt zehn Uhr im Ausgang. Bitte frage die Eltern von Ruth, sie wissen es auch und geben dir den wahren Bescheid, dass ich eingesperrt bin, und noch nie habe ich dich angelogen. Und dies sage ich dir auch, trotzdem Madame und Monsieur neben mir stehen.»

Endlich wurde Papa ruhiger und sagte: «Mutti kommt persönlich am Sonntag per Zug und wird 11:15 in Lausanne ankommen, wo du sie abholen kannst. Sie kann dann mit Madame diese Geschichte besprechen. Bis dahin bleibst du schön anständig bei der Familie.»

Total aufgewühlt ging ich wieder hoch in mein Zimmer. Die Türe stand offen und das Zimmer war leer. Aber, oh Schreck, es sah aus, als wären Einbrecher da gewesen. Meine Kleider waren überall verstreut, im offenen Fenster und auf dem Kasten. Plötzlich hörte ich ein leises Schluchzen, da sah ich, wie Ruth hinter der Tür auf dem Boden zusammengekauert war und die Hände überm Kopf hielt. Sie erzählte mir: «Als du fort warst, stiess mich Madame mit aller Wucht, sodass ich in diese Ecke fiel. Dann nahm sie alle Sachen aus dem Koffer und schmiss sie wie eine Furie herum. Du kannst es ja sehen, wo alles gelandet ist. Nun habe ich diese Frau kennengelernt und du bleibst keinen Moment mehr hier.»

Ich erzählte Ruth was mir Papa am Telefon sagte, während Madame und Monsieur daneben standen und ich trotzdem keine Angst davor hatte, die Wahrheit zu sagen, dass Madame und Monsieur gelogen hätten. Danach musste ich Papa versprechen, dass ich bis Sonntag ausharre und dann dürfe ich Mutti am Bahnhof abholen.

Am Sonntag als ich am Bahnhof war, stand plötzlich Ruth vor mir und sagte: «Meine Eltern haben mit deinen Eltern telefoniert und ich habe Madame alles erzählt. Darauf meinte Madame, deine Mutter müsse in jedem Fall zuerst zu uns kommen, damit wir alles besprechen können, und Ihr beide seid bei uns zum Mittagessen eingeladen.»

Mutti konnte und wollte alles noch nicht glauben, jedoch war sie mit Ruths Einladung einverstanden. Aber Mutti wollte nicht glauben, dass meine Madame zu so etwas fähig sein konnte. Sie war glücklich für Ruth, dass sie bei einer so netten Familie lebte, die sogar noch mich aufnahmen.

Ruths Madame hatte einen besonderen Plan für uns ausgedacht und gab uns folgende Anweisungen: «Ihr nehmt ein Taxi, das soll auf euch warten. Mutti soll bei der Haustüre läuten und mit Madame sprechen. Ruth und Lea sollen hinauf ins Zimmer gehen und wie am vorherigen Abend die Koffer packen. Dann, wenn die beiden Mädchen fertig sind, bitten sie den Taxi-Chauffeur die Koffer herunterzutragen. Danach dreimal kurz läuten, als Zeichen, dass Mutti sich nun verabschieden soll und sagen, dass sie Lea mitnimmt. Dann sofort per Taxi wegfahren. Das ist die einzige Möglichkeit, um bei solchen Leuten Lea freizukommen.»

Mutti war mit diesem Abenteuer einverstanden und genau so machten wir es. Alles verlief nach Plan. Ich durfte bei Ruth bleiben so lange es nötig war. Mutti hatte ihre Unterkunft bei den Freundinnen junger Mädchen gebucht, wo sie bereits für mich angefragt hatte, um eine Stelle zu finden. Bereits am folgenden Donnerstag konnte ich in der Nähe bei einer anderen Familie anfangen.

Welschland dritter Platz

So begleitete mich Mutti bereits schon an den dritten Platz. Es war eine nette Familie mit zwei kleinen Kindern, ein sechsjähriges Mädchen und ein vierjähriger Bub. Den Haushalt bewältigte ein robustes Bauernmädchen, das mich eine Woche lang einführte. Sie sagte, alles wäre o.k., nur die Kinder seien sehr frech, sodass sie gerne wieder nach Hause gehe.

Mir gefiel es sehr gut und mit den Kindern kam ich auch gut zurecht, kein Problem! Nach drei Wochen kam eine Dame von den Freundinnen junger Mädchen und fragte, wie ich zurechtkomme.

Leider war Madame von diesem Tag an, wie ein umgekehrter Handschuh. Wenn ich frei hatte, machte sie immer ein Fondue und füllte danach die Pfanne mit heissem Wasser und liess sie stehen. So wurde der Käse bis zum andern Morgen wie Kaugummi und ich konnte den Käse kaum entfernen. Es sah aus, als würde sie dies extra machen, damit ich länger daran arbeiten musste. Auch öffnete sie die Küchentür und schmiss diverse Sachen hinein, damit ich alles vom Boden aufheben musste und am richtigen Ort versorgen. Als ich nun wieder einmal etwas aufhob, riss der Bub mir ein Büschel Haare aus. Ohne dass ich wollte, rutschte meine Hand aus und ich versetzte ihm einen Schlag. Der rannte zur Mama und schrie. Natürlich kam sofort Madame und befahl mir, mich beim Kleinen zu entschuldigen, und dass ich ja nie mehr ihre Kinder anfasse. Ich aber erwiderte: «Entschuldigen muss sich das Kind und ich muss mir so etwas nicht gefallen lassen.»

Die Kinder hatten es besser begriffen als die Mutter, denn von diesem Moment an hatten sie Respekt vor mir und wurden sogar sehr anhängliche, liebe Kinder.

Wegen Madame wäre ich gerne weggegangen, aber wegen den lieben Kindern wollte ich bis zum Frühjahr ausharren.

Einmal hörte ich wie Madame am Telefon den Vater anlog. Der kleine Bub merkte, wie seine Mutter etwas erzählte, was nicht stimmte, darum rief er so laut er konnte: «Papa, Papa das ist nicht so, Mama lügt dich an und Grossmama ist auch da.»

Als ich sah, wie die beiden Frauen dem Buben nachliefen, bewaffnet mit Gegenständen, nahm ich das Kind in Schutz und sagte ihnen, sie sollen sich schämen den Buben zu schlagen, nur weil er die Wahrheit sagte. Beim Nachtessen musste ich Monsieur genau erzählen was sich abgespielt hatte, während dem er mit seiner Frau telefonierte. Ich hatte eigentlich nichts zu verlieren, trotzdem war es peinlich für mich, aber noch viel mehr für Madame.

Als nun mein letzter Tag gekommen war, musste ich beide Kinder zurücklassen, die ich so lieb gewonnen hatte. Leider wollten die Kinder nicht ohne mich zuhause bleiben, sie wollten unbedingt mit mir verreisen. Madame musste mir helfen den Lift zu holen und mit dem Gepäck schnell zu verschwinden, bevor die Kinder es merkten. Aber als ich im Lift war, kam schon der Kleine und wollte die Gittertüre aufreissen und schrie fürchterlich. Mir drehte sich das Herz im Leib. Leider, es waren eben nicht meine Kinder.

Max im Spital

Als ich wieder zurück in Winterthur war, hörte ich voller Schreck, dass Max verunglückt war und im Spital läge. Er sei mit der Lambretta unter den Zug gekommen. Nun merkte ich plötzlich, wie viel er mir bedeutete. Ich musste ihn unbedingt besuchen und zu ihm stehen, auch wenn er im Rollstuhl sein müsste.

Zufällig musste ich eine Torte ins Krankenhaus bringen und so konnte ich ihn besuchen, ohne dass es nach Nachlaufen aussah. Vielleicht könnte ich ihm auf diese Art zeigen, wie leid es mir tat wegen damals, als ich ihn nicht zum Ball begleitete. Zu allem Überfluss später nochmals absagte, nur weil Rolf aus lauter Eifersucht Unwahrheiten erzählte und ich es glaubte.

Als Max mich sah freute er sich. Es ging ihm sehr gut, da er glücklicherweise nur etwas vom kleinen Zehen verloren hatte und das Ohr war heruntergerissen, aber es wurde sehr gut heraufgenäht, sodass das kaum sichtbar war. Danach sah ich ihn fast ein Jahr nicht mehr.

Stefan Sonntagsbrot

Vom Welschland zurück, musste ich tüchtig im Geschäft mithelfen. Meine Eltern verlangten, dass ich jede Arbeit mache, um zu wissen, wie es in jedem Bereich aussieht. Natürlich musste ich von Anfang an alles besser verrichten als unsere Angestellten. Weil ich mir grosse Mühe gab, hatten die Angestellten Respekt vor mir. Sowieso, wir waren ein Familienbetrieb, wo unsere Angestellten mit eingeschlossen wurden.

Am Morgen, wenn die heissen Brote aus dem Ofen kamen, steckte man sie in einen grossen Korb, um sie danach in den Laden zu befördern. Ich musste jedes Mal helfen, diesen schweren Korb zu ziehen. Mutti bat mich, zur Backstube hinaus, den Gang hinunter bis zum Laden und dort bis vor den Verkaufskorpus den Korb zu ziehen. Von da aus musste ich die sehr heissen Brote beim schmalem Durchgang vom Verkaufskorpus hinüberreichen, damit Mutti diese ins Brotgestell legen konnte. Das fand ich so blöd, denn von der Backstube her führte eine Türe direkt in den Laden und zum Brotgestell. Ich zeigte Mutti, wie ich dies sogar alleine und schneller machen könnte. Aber Mutti wurde so wütend über mich und sagte: «Es sind schon bald 20 Jahre, wo wir es so gemacht haben und so wird's gemacht und nicht anders.»

Papa schmunzelte im Stillen, sagte aber nichts wegen den Angestellten. Leider blieb Mutti einfach stur.

Es war Samstag und ich merkte, dass nur noch wenige Sonntagsbrote dalagen. Schnell nahm ich einen Korb, um die bestellten Brote hineinzulegen und stellte diese in den Gang hinaus. Aber plötzlich fehlten drei Brote. Der Ausläufer Stefan hatte einfach, ohne zu fragen, eigenmächtig drei Brote weggenommen, weil er auf der Tour noch Sonntagsbrote haben wollte. Ich war entrüstet, so eine Frechheit, ohne zu fragen und sich einfach selbst zu bedienen, damit er den Leuten Sonntagsbrote nachtragen konnte. Ich aber für die guten Kunden, welche sich die Mühe nahmen in den Laden zu kommen, ihr bestelltes Brot nicht mehr hatte. Allerhand!

Wieder war ein Samstag, aber da es vor einem Feiertag war, legte ich die bestellten Brote gleich am Morgen an einen sicheren Ort in den dunklen Keller. Wieder waren zu wenige Sonntagsbrote vorhanden. Doch Stefan hatte eines in den Händen. Ich fragte ihn, wo er dieses gefunden habe? Ganz schamlos antwortete er mir: «Im Keller.»

Nun war es aber wirklich zu viel und ich befahl ihm, mir dieses Brot sofort zu geben. Doch er weigerte sich. Also blieb mir nichts anderes übrig, als es ihm wegzunehmen. Er aber war so frech und drückte seine beiden Daumen durch das Brot hindurch, damit ich es im Laden nicht verkaufen konnte und lachte noch dazu. Da platzte ich vor Wut, riss ihm das Brot aus seinen Fingern und schlug es mit voller Wucht über seinen Schädel. Zu allem Überfluss bekam ich noch einen Rüffel von Mutti, die mich beschimpfte: «So darf man mit einem Angestellten nicht umgehen. Schäme dich und sofort entschuldigst du dich.»

«Für so eine Tat, wie Stefan sich erlaubte, werde ich mich niemals entschuldigen, sondern es muss Stefan sein, der sich bei mir entschuldigt.»

Mutti gab aber nicht nach, sodass ich in mein Zimmer rannte, mich einschloss und heulte, trotz Festtag mit viel zu viel Arbeit.

Lotte und das Geschäft

Zum Flicken und Nähen warteten ganze Berge auf mich. Aber ich musste überall Hand anlegen. Im Laden während der Stosszeit, am Freitag und Samstag in der Konditorei und auch im Laden. Trotzdem wir einen Ausläufer hatten und auch das Mädchen, das Einiges täglich für Kunden austrug, musste ich auch noch beim Austragen behilflich sein, besonders an Festtagen.

Es war Zeit für die Frühjahrsputzerei. Unserem Mädchen, Lotte aus Österreich, half ich das Wohnzimmer auszuräumen. Zwei grosse Klubsessel trugen wir hinaus zum Lüften und Reinigen dabei fragte mich Lotte: «Und nun müssen wir den Ranzen auch aussi tragen?»

Ich konnte es nicht verstehen und fragte sie: «Was meinen Sie damit? Lesen wir Ranzen in Schriftdeutsch, so meinen wir den Rucksack damit.»

«Ja, des tun mir aah, ober der Herr Schmid sogt doch: i geh jetzt auf den Ranzen liegen.»

Nun konnte ich verstehen. Papa legte sich am Sonntag nach dem Essen meistens aufs Sofa und mit dem Ranzen war der Bauch gemeint.

Am Frühstückstisch wollte Papa ein Sieb, um die Milch durchzuseihen, weil er keinen Pelz im Kaffee mag, sagt er deswegen: «Jetzt hat Lotte wieder das Siebli vergessen.»

Erstaunt fragt sie: «Wos hot der Herr Schmid gmäint? Och dos Sächerl!»

Alle Angestellten lachten sich Tränen, weil es sich anhörte wie in vulgärer Sprache «Seichen» statt Wasser lösen und für Buben das Zugehörende. So etwas gehörte schon gar nicht an den Esstisch.

Eines Abends kam der Ausläufer viel zu spät zum Nachtessen. Papa fragte ihn, was er denn gemacht hätte. Er antwortete, er hätte sich noch rasieren müssen. Da er aber noch keinen richtigen Bart hatte, sondern nur etwas Flaum, fragte Lotte ganz verwundert: «Jo Stefan, mi nimmts nur wunder, woo Sie sich rasiert ham.»

Papa ganz frappiert, der sich sonst nie so vulgär äusserte, gab ihr schnell eine treffende Antwort und sagte kurzentschlossen: «Dänk am Füdli.»

Lotte hatte dies natürlich nicht verstanden und wir mussten ihr übersetzten. «Herr Schmid wollte Ihnen antworten, dass Steffan sich sicher am Po rasiert hätte.» Da wurde sie aber rot und blieb dann still.

Doch später hatte Lotte von den Kollegen etliche Wörter angenommen und sagte plötzlich so nebenbei: «Ja der Huareseckel.»

Mir entwischte ein Schreckensschrei und ich sagte: «Aber Lotte, schämen Sie sich, so etwas zu sagen.»

Dann musste ich ihr diesen obszönen Ausdruck erklären. Nun wusste sie, dass sie nie mehr Wörter brauchen würde, welche sie nicht verstehen konnte und die sie einfach nachplapperte.

Ferien in Italien

Ich war noch nie in Italien, aber weil meine Eltern mir versprochen hatten, mich nie mehr mit meiner bösen Tante zurückzulassen, durfte ich mit auf die Reise. Damals konnten nur wenige Leute sich das Reisen erlauben, und selten konnte jemand sich Ferien leisten. Jedoch Papa hatte vor der Heirat schon ganz Europa durchreist. Er war stolz, mir die geraden Strassen in Norditalien zu zeigen, welche von Mussolini gebaut wurden. Mit unserem Chevrolet konnten wir einmal so richtig losflitzen und damals brachte das Ami-Auto bereits 180 Km Geschwindigkeit heraus. Es war fast wie Fliegen über diverse Kilometer.

Aus Schillers Tell erinnere ich mich noch:

«Vater ist's wahr, dass am Walde dort die Bäume bluten, wenn man einen Streich drauf führt mit der Axt?»

«Wer sagt das, Knabe?»

«Der Meister Hirt erzählt, die Bäume sind gebannt und wer sie schädige, dem wachse seine Hand heraus zum Grabe.»

«Die Bäume sind gebannt, das ist die Wahrheit. Siehst du die Firnen dort oben, die sich über dem Wald erheben?»

«Ja, Vater, das sind die Gletscherberge, die des nachts so donnern und uns die Lawinen niedersenden.»

«So ist's. Und die Lawinen hätten längst das Dorf unter ihrer Last verschüttet, wenn nicht der Wald dort oben sich dagegenstellte.»

«Gibt's Länder, Vater, wo keine Berge sind?»

«Ja, wenn man hinuntersteigt von unseren Höhen, gelangt man in ein weites ebenes Land, wo die Waldwasser nicht mehr brausend schäumen, und die Bäche ruhig und gemächlich ziehen und wie ein Garten ist das Land zu schaun.»

«Ei Vater, warum steigen wir denn nicht schnell hinab in dieses schöne Land, statt dass wir hier uns ängstigen und plagen?»

«Das Land ist gross und gütig, doch sie geniessen nicht den Segen, den sie pflanzen. Das Land gehört dem König.»

Nun konnte ich einmal das weite, ebene Land sehen, die Poebene. Es war eine sehr weite Ebene, doch hing ein Dunst über der Erde und es war feucht und sehr heiss. Die armen Leute, die bei dieser Hitze in den Maisfeldern arbeiten müssen. Da ist es schon angenehmer in der Schweiz. Aber es war so interessant, einmal etwas ganz anderes zu sehen. Dazu, wenn man bei dieser Wärme mit offenem Fenster übers Land flitzte, war der Fahrtwind ganz angenehm.

Endlich kamen wir in Genua an. Ich sah zum ersten Mal das dunkelblaue, weite Meer und konnte kaum warten, bis ich darin schwimmen konnte. Genua hat so viele kleine Gässchen und mit unserem grossen Auto war es nicht so einfach in dem Gewimmel herumzufahren. Endlich kamen wir in die Peripherie nach Nervi, wo die Villen sind und das damalige Luxus-Hotel Savoia, wo wir ausstiegen. Schon kamen die Pagen hergerannt, führten uns an die Rezeption, die einen nahmen die Koffer und ein anderer parkierte das Auto. Alle waren ausserordentlich freundlich, speziell zu mir und nannten mich Signorina da, und Signorina dort, dabei sah ich doch noch wie ein kleines Mädchen aus.

Zum Nachtessen musste ich mich festlich anziehen, was mir sehr willkommen war. Meine Eltern und ich wurden an unseren Tisch geführt. Der Kellner offerierte den Stuhl und half beim Hinsetzen. Zu mir sagte er: «Prego Signorina.»

Diese Gebärden erinnerten mich an England, als Don mir London zeigte.

Etwa fünf Kellner waren für unseren Tisch zuständig. Alle bemüht sich, uns gut zu bedienen und zu mir waren sie extra zuvorkommend, vermutlich weil ich ein Backfisch war. Hunger hatte ich keinen. Von der Hitze und der Reise war ich nur müde, aber die Kellner nahmen sich alle Mühe, mich zum Essen zu überreden und kamen sogar mit speziellerem Angebot, mit Hors d'oeuvre-Platte, Torten und Patisserie, auch Speiseeis etc. Aber ich konnte einfach nichts mehr essen.

Am folgenden Morgen zeigte Papa mir den Badestrand. Er kannte ja schon alles von seiner Junggesellenzeit her. Ach, wie toll war es in diesem kristallklaren Wasser und den hohen Wellen zu schwimmen. Einfach herrlich! Papa war ganz glücklich, mich so begeistert zu sehen. Er war nämlich auch ein guter Schwimmer.

Ich konnte es so richtig geniessen, weil meine Eltern einmal Zeit für mich hatten, um mit mir etwas zu unternehmen. Ich musste mich aber dafür eben wie eine Dame benehmen.

Einmal gab es sehr grosse Wellen. Ich schwamm zum Felsen, welcher aus dem Meer ragte. Dort setzte ich mich hin, liess die Wellen zu mir hinaufkommen und schaute, wie sie wieder hinunterzogen. Aber plötzlich kam eine Welle, die mich sogar aufhob. Ich konnte mich gerade noch mit meinen Fingerbeeren am Felsen festhalten, sonst hätten mich die Wellen mitgenommen, und das wäre schlimm gewesen. Als es wieder ruhiger war, sprang ich schnell ins Wasser und schwamm so schnell ich konnte ans Land.

Papa hatte mich immer im Auge gehabt, damit mir nichts passiere, aber auf diese grosse Welle war auch er nicht gefasst. Nun lachte er, weil ich mich wie ein Fisch in Sicherheit gebracht hatte.

Später, zu Hause, lasen wir in der Zeitung, dass ein Schweizer genau auf diesem Felsen von einer Welle erfasst wurde und trotzdem er ein sehr guter Schwimmer war, war er ertrunken, vermutlich von den Wellen an den Felsen geschmettert und zu stark verletzt worden.

San Remo

Nach ein paar Tagen fuhren wir weiter nach San Remo. Wir stiegen ab im hübschen, kleinen Hotel La Bris direkt am Meer. Das war kein Vergleich zum Hotel Savoia, auch gab es nicht so viele hübsche, junge Kellner, die alle so nett zu mir waren, natürlich so, wie die Angestellten zu allen Gästen sein müssen. Damals durften die Angestellten keine Gespräche mit Gästen führen, so wie es heute der Fall ist.

Vor dem Nachtessen ging ich mit Papa schwimmen. Der Hotelstrand war aber steinig und nur wenig Sandstrand. Doch auch hier war es schön, in den Wellen zu schaukeln. Die Wellen waren aber so lang wie der Strand und manchmal sehr hoch. Papa zeigte mir, wie man bei den hohen Wellen, die sich überschlagen, einfach in die Welle hineintaucht und auf der anderen Seite wieder hinauskommt. Das ging ganz gut und machte mir sehr viel Spass. Hingegen beim Zurückschwimmen muss man gut aufpassen, dass man mit der höchsten Welle an den Strand getragen wird, und dann wie das Bisiwetter hinauslaufen, damit die nächste Welle einen nicht überspült oder gar mit Steinen bewirft. Dies könnte bei ungünstigem Zufall sogar zum Tode führen. Bald konnte ich mich einfühlen, aber nun war Papa sogar etwas besorgt wegen meiner Unbeschwertheit. Ich bekam so eine Lust bei stürmischem Wetter mit den Wellen zu spielen und Papa ängstigte sich um mich, doch er konnte es verstehen, dass ich mich wie ein Fisch fühlte. Dies ist mir bis zum heutigen Tag geblieben.

Am Abend beim Essen sass am Nebentisch ein junges Ehepaar. Bald kamen meinen Eltern mit ihnen ins Gespräch und sie verstanden sich gegenseitig gut. Deswegen gingen sie abends oft miteinander spazieren, oder waren sonst zusammen.

Der Mann sah genau so aus wie Errol Flynn, der Filmstar, für den ich so schwärmte. Ich hängte sogar das Bild von Errol Flynn und Marika Rökk in meinem Zimmer an die Wand.

Eines Tages gestand ich diesem Mann, dass ich so für Errol Flynn schwärme und er würde diesem so ähnlich sehen. Da lachte er und sagte: «Ja leider gleiche ich diesem Herrn so sehr, dass ich immer mit ihm verwechselt werde, was sehr unangenehm ist.»

«Ach, ich würde mich glücklich fühlen, mit so einem bekannten Mann verwechselt zu werden.»

«Es ist sehr unangenehm in einem Hotel abzusteigen und an der Rezeption verlangt man, dass ich zuerst meine letzte Rechnung bezahlen solle. Meine Papiere könnten gefälscht sein. Errol Flynn ist nicht nur ein Held im Film und mit Frauen, sondern auch im Schuldenmachen. Er ist leider sehr verpönt.»

Schade, nun konnte ich nicht mehr für Errol Flynn schwärmen, aber es war vielleicht gut, etwas mehr zu wissen und die Augen und den Verstand offen zu halten.

Papa mietete ein Ruderboot. Mutti, die nicht so gut schwimmen konnte, hatte Angst mitzukommen und so ruderte Papa mit mir weit hinaus bis zum Kriegsschiff, welches draussen im Meer vor Anker lag. Als wir in der Nähe beim Schiff waren, riefen die Matrosen uns zu und erst recht weil eine Signorina im Boot sass. Ich winkte ihnen zu und daraufhin kamen immer mehr und mehr Matrosen, um uns zuzurufen und zu winken.

Es war so schön, weit draussen im Meer zu sein und aus dieser Perspektive neue Eindrücke zu gewinnen. Wir konnten auch die vielen verschiedenen Fische im Wasser beobachten. Da das Wasser so klar war, konnten wir viele Meter hinuntersehen. Das war einfach herrlich!

Eines Abends durfte ich zum Tanzen. Mutti fragte die alleinstehende Dame vom Nebentisch, ob sie mit uns kommen möchte. Die Männer wollten lieber zurückbleiben. Meistens spazierten und plauderten sie miteinander und hatten kein Interesse am Tanzen.

Mutti verstand sich schnell sehr gut mit dieser Dame. Sie erzählte, sie wäre die Sekretärin von Hitler gewesen, jedoch hatte sie überhaupt nichts mitbekommen von dem grässlichen Geschehen, sondern war überzeugt, dass man alles versuchte, damit es dem Volk besser gehe.

Im Hafen von San Remo stand ein ganz tolles Dancing. Ein rundes Gebäude. In der Mitte befand sich eine grosse, runde Tanzfläche, ähnlich wie bei einer Arena. Über der Tanzfläche war das Dach geöffnet. Durch dieses runde Loch konnte man den Mond und die Sterne betrachten, weil nur ein rötliches Licht die Tanzfläche beleuchtete. Diesmal war kein Männermangel, weil die weissgekleideten Matrosen und Offiziere da waren. Die Damen wurden umschwärmt und aufgefordert zum Tanzen. Ich hingegen war nur ein Backfisch von 17 Jahren und sah aus wie ein Kind, darum wurde ich nicht aufgefordert. Aber als keine Damen mehr übrig waren, kam trotzdem einer und bat mich zum Tanzen. Als die anderen Matrosen sahen, wie gut ich tanzte, kamen sie plötzlich in Schwärmen an unseren Tisch.

Als wir aufbrachen für unseren Heimweg, wollten die Matrosen uns nicht gehen lassen. Natürlich konnten wir auf keinen Fall bleiben, aber die Matrosen konnten Mutti überreden, dass ich nochmals zum Tanzen kommen durfte. Mutti blieb beim zweiten Mal im Hotel und ich durfte nochmals mit der ehemaligen Sekretärin von Hitler, ins Dancing gehen. (Leider weiss ich ihren Namen nicht mehr.)

Villa in San Remo

Papa entdeckte eine wunderschöne Villa nahe am Meer. Diese sah fast so aus, wie aus dem riesigen Felsen herausgeschnitten. Das Haus wurde mit Natursteinen gebaut und der Garten ringsherum angelegt mit Palmen und anderen schönen südländischen Pflanzen und vielen Blumen. Von einem Trockenmäuerchen zum andern führten verschiedene kleine Treppen zum Haus. Alles war richtig in Harmonie, wie ein Traum. Mutti, die immer etwas skeptisch ist, war sogar voll begeistert. So entschloss sich Papa, die Villa zu kaufen und der Preis dafür war im Verhältnis zur Schweiz sehr niedrig. Doch dann machte sich Papa folgende Gedanken:

«Ist es doch noch etwas früh, um zu privatisieren? Wenn ich weiter arbeite, würde die Villa leerstehen und dann machen es sich Ungeziefer und Mäuse bequem. Müsste man noch einen Gärtner haben, der jeden Tag vorbeigeht und nach Haus und Garten sieht. Könnte leicht eingebrochen werden und es könnte riesigen Schaden entstehen. Also müssen wir das vergessen. Schade!»

Ballkleid

Mutti und ich fuhren mit der Bahn nach Zürich, um neue Vorhänge zu kaufen. In Zürich gibt es eine viel grössere Auswahl als in Winterthur, weil es verschiedene grosse Einkaufshäuser gibt. Als wir bei den Abteilungen vorbeimarschierten, entdeckte Mutti handgeknüpfte Teppiche. Schon lange wollte sie einen schönen Perserteppich für das Wohnzimmer kaufen. Der Verkäufer hatte uns gleich entdeckt und zeigte uns die enorme Auswahl. Er erklärte uns die diversen Teppiche aus dem Orient und die verschieden Qualitäten von Farben, Sujet, Knüpferei und deren Zusammenstellung. Mutti und mir gefiel ein ganz besonderer Teppich, ein Ceshahn, aber der Preis war leider auch besonders mit 20'000 Franken, was für damalige Zeit ein riesiges Vermögen war. Nachdem uns der Verkäufer einen wesentlichen Preisabzug machte, bestellte Mutti.

Weiter ging es und ich sah die Ballkleider. Nun wollte ich aber endlich ein richtiges Ballkleid, oder wenigstens probieren. Mir gefiel ein ganz besonders schönes, grünviolettes, schimmerndes

Tüll-Kleid, welches mit Gold bestickt war. Darunter ein schwerer, goldener Satin. Das Ballkleid war wie gemacht für mich und weil Mutti ihren guten Tag hatte, war sie einverstanden und kaufte es.

Nun ging es auf den Heimweg und wir dachten an Papa, der sicher keine Freude haben würde, wenn wir überaus viel Geld ausgegeben hatten, und obendrein ohne Vorhänge nach Hause kamen. Das aber nur, weil wir am Ende keine Zeit mehr dazu hatten.

Radio

Mein rosarotes Mädchenzimmer gefiel mir nicht mehr und ich bekam die Erlaubnis, es zu renovieren. Die Wand, welche mit rosarotem Holztäfer verkleidet war, rührte ich nicht an, weil diese Arbeit professionell gemacht werden musste. Aber die oberhalb angebrachte Tapete übermalte ich mit beiger Farbe. Die Decke strich ich wieder in einem frischen Weiss. Die Bettstatt schmiss ich hinaus und montierte vier dicke Klötze an die Untermatratze, sodass mein Bett zu einer Couch wurde. Weiter nähte ich hellgrüne Vorhänge mit aufgedruckten, modernen farbigen Vasen. Mit dem gleichen Stoff nähte ich den passenden Bettüberwurf. Natürlich stellte ich alle Möbel um, damit ich ein total anderes Wohngefühl bekam.

Nun fehlte nur noch ein Radio, damit ich mit meinen Freundinnen Musik in meinem Zimmer geniessen konnte. Besuchten mich meine Freundinnen, so waren wir im Wohnzimmer und hörten Tanzmusik und moderne Schlager. Papa gefiel diese Musik nicht. Er kam ins Wohnzimmer und stellte sofort andere Musik ein und schimpfte, wir sollen nicht solche Rumpelmusik laufen lassen. Dies war sehr deprimierend mit meinen 18 Jahren. Nun da ich mein Zimmer selber renoviert und eingerichtet hatte, bat ich um ein eigenes Radio. Aber das Wort Radio entfachte jeweils einen Krach, ja ich durfte mir nicht einmal ein Radio für Weihnachten wünschen.

Nun sagte ich zu meinen Eltern: «Mit meinem ersparten Trinkgeld kann ich mir ja ein kleines Radio kaufen.»

Aber dies wurde mir auch verboten. Also dachte ich, wenn ich mir selber auf Weihnachten ein Radio kaufe, kann niemand etwas dagegen haben.

Nun ging ich auf die Suche nach einem günstigen Radio. Ich fand ein hübsches, kleines, das genau zu meinem Zimmer passte und bezahlte dieses, aber mit einer Lieferung auf den 24. Dezember.

Tatsächlich kam das Paket am Weihnachtsnachmittag an. Mutti hatte es gesehen, als ich den Karton in Empfang nahm. Nun machte sie so einen Radau und das Weihnachtsfest wurde abgeblasen.

Wir konnten immer erst am 25. Dezember Weihnachten feiern, weil wir am 24. Dezember immer noch Torten austragen mussten und dies bis spät in die Nacht. Dazu noch nach Arbeitsschluss das Geschäft putzen, wenn andere Weihnachten feierten und in die Mitternachtsmesse gingen.

Am Heiligtag nahm ich schnell das Frühstück zu mir und ging in die Kirche. Als ich wieder zurückkam und Mutti begegnete, schimpfte sie fürchterlich, dass wegen mir keine Weihnachten stattfinde. Ja, sie nahm sogar aus lauter Wut einen Stuhl und warf ihn mir nach. Ich rannte die Treppe hinauf in mein Zimmer und schlug mit aller Wucht die Türe zu und weinte. Weil es an Weihnachten so still war, hörte Gösi was vorgefallen war. Sie ging hinunter und schimpfte mit meiner Mutti.

«Frau Schmid, Sie können froh sein, dass Lea immer zuhause ist und nicht wie andere Mädchen sich mit Männern nachts herumtreibt, oder sogar sich prostituiert. Mein Sohn macht mir soviel Sorgen mit all den sehr jungen Mädchen, die sich an ihn hängen. Sie müssen Gott danken, dass sie eine brave Tochter haben, die nur zu Hause ihre eigene Musik hören will.»

Nach diesem Gespräch kam Gösi in mein Zimmer und tröstete mich. Dann nahm sie mich zu meiner Mutti die versprechen musste, dass doch noch Weihnachten gefeiert werde.

Faschingsball 1955

Ich durfte mit Trudi ins Theater, wo die Operette «Gräfin Mariza» gespielt wurde. Ich war voll begeistert, Tanzen zu sehen und die Lieder kannte ich schon von Radio und Textbuch. Natürlich probierte ich zu den Liedern auch den Csárdás zu tanzen. Dies inspirierte mich zu einem Faschingsmotiv, denn der Fasching stand vor der Tür. Ich nähte mir ein Kostüm, so gut ich es konnte aus meiner Fantasie, um an den grossen Faschings-Ball zu gehen.

Der beste Ball war immer im Casino im obersten Stock, wo man nur im Faschings-Kostüm oder in Gala gekleidet eintreten durfte. Das Schönste war, dass die maskierten Damen am Fasching die Herren zum Tanzen auffordern durften. Logisch, in so einem Fall lasse ich keinen einzigen Tanz aus. Ja sogar suchte ich mir die besten Tänzer heraus. Plötzlich entdeckte ich Max, aber da war es schon bald fünf Uhr, wo die Musik mit Spielen aufhörte. Max war in Begleitung von seinem Studenten-Bruder Ruedi, den ich von der Schule her kannte. Die beiden wollten mich zur Mehlsuppe mitnehmen. Natürlich war das neu für mich, denn noch nie war ich um diese Zeit unterwegs. Aber zusammen mit Max war ich bei allem dabei, denn meine Eltern kannten ihn ja. Es war eine tolle Nacht.

Als wir den Heimweg antraten, war es bereits Tag geworden. Max brachte mich per Lambretta nach Hause. Aber diesmal war ich 18 und nicht 16 Jahre alt wie damals. Trotzdem, Mutti war wütend und schimpfte, ich gab ihr aber zur Antwort: «Ich bin doch nur mit Max und seinen Freunden zusammen zur Mehlsuppe gegangen. Zudem ist nur einmal im Jahr Fasching, wo man die ganze Nacht feiert.»

Unser Mädchen half mir sogar, indem sie sagte: «Aber Frau Schmid, schon Ende nächstes Jahr wird Lea Zwanzig und dann ist sie volljährig. Sie darf doch die eine Faschingsnacht verbringen, zudem ist sie in Begleitung von Max.»

Danach sagte Mutti nichts mehr.

Autofahrschule

Ich zählte 18 Jahre als Papa plötzlich sagte: «Eigentlich wäre ich froh, wenn du Autofahren könntest. Sonntagabend müssen wir immer früh nach Hause fahren, wenn die Abendstimmung am schönsten ist und ich darf möglichst keinen Alkohol trinken, wenn die Kollegen gerne anstossen. Wenn du Autofahren könntest wäre dies kein Problem, dann könnte ich mich hinten im Auto hinlegen und schlafen.»

Aber damals war eine Frau am Steuer schon ungewöhnlich «Frauen verstehen sowieso nichts vom Autofahren». Nur weil meine Eltern keinen Sohn hatten und ich mich für Technik interessierte, hatte Papa Vertrauen zu mir. Deswegen durfte ich in die Autofahrschule gehen.

Der Fahrlehrer kam mit einem Plymouth, so ähnlich wie unser neuer Chevrolet mit hinten hinausstehenden Flügeln. Also vom Volumen her war kein grosser Unterschied. So fuhren wir in die Peripherie der Stadt und nach kurzer Zeit fühlte ich mich schon wohl. Da gab es ein schnurgerades Stück Strasse an der beidseitig Pappeln standen. Aber da ich kaum übers Steuerrad hinwegsah, kamen mir die Pappeln sehr nahe beieinander vor. So hoffte ich, dass mir ja kein Auto entgegenkomme. Plötzlich sagte der Fahlehrer: «Sie fahren aber anständig schnell.»

Darauf meinte ich: «Jaa, ich fahre einfach so wie mein Papa.»

Nun war der Fahrlehrer höchst erstaunt und sagte: «Ich glaube kaum, dass Ihr Vater 160 fährt auf dieser Strecke.»

Ich merkte es doch nicht, wenn man selber am Steuer sitzt, schaut es gar nicht so schnell aus.

Nun kam der Tag der Prüfung. Die meisten fallen durch, besonders Frauen. Ich musste längs an einer gewölbten Strasse parkieren, da sagte der Experte mit schroffer Stimme: «Steigen Sie aus. Schauen Sie einmal vorne 30 cm und hinten 30 cm vom Trottoir weg. Steigen Sie ein und warten Sie.» (Damals war die Distanz 30 cm.) Aber ich bekam das Gefühl, als müsse ich mich geirrt haben.

Ich zitterte, wenn er herauskommt wird er nun sagen, wann ich das nächste Mal erscheinen soll. Dann kam er wieder und ich musste weiterfahren. Dann zwischen zwei Autos parkieren. Ich glaube man durfte drei Versuche machen, aber glücklicherweise war es einfach und ich kam das erste Mal gleich hinein.

Dann ging es zurück und der Experte sagte schroff: «Gut gemacht, Sie können aussteigen.»

Wie gelähmt stand ich dann neben dem Auto. Gott sei Dank! Da kam der Fahrlehrer. Schon seine weiche Stimme beruhigte mich, sodass ich endlich wieder normal wurde. Aber er war sehr neugierig, wie es mir ergangen sei und was der Experte gesagt hatte, fragte er: «Gut gemacht, Sie können aussteigen.»

Ganz überrascht umarmte mich der Fahrlehrer und sagte: «Was? So etwas hatte er noch bei keinem gesagt. Das ist der schlimmste Experte, den wir haben. Ja, in dem Fall haben sie super abgeschlossen, das müssen wir feiern ich lade Sie zum Essen ein.»

Papa, der ja schon vor dem Krieg mit dem Motorrad in ganz Europa herumgefahren war, hatte bei seiner Prüfung ein neuinstalliertes Lichtsignal übersehen und war durchgefallen. Weil Frauen sowieso immer durchfallen beim ersten Mal, war nun mein Papa so stolz auf mich und er erzählte allen Leuten, dass ich die Prüfung sogar besser abgeschlossen habe als er.

Alkoholfreier Tanzabend

Jeweils einmal pro Monat organisierten die Studenten einen alkoholfreien Tanzabend im Restaurant Wartmann von 20:00 bis 22:30 Uhr. Ruth durfte immer hingehen, aber mir erlaubte Mutti nur jeden zweiten Monat Tanzen zu gehen. Aus welchem Grund weiss ich nicht, keine Ahnung, dabei tanzte Mutti genau so gerne wie ich.

An den Tanzabenden wurde von den Studenten etwas Besonderes zur Unterhaltung geboten. Einmal gab es eine mathematische Aufgabe zu bewältigen. Es handelte sich um drei Kamele, die in einem engen Tal auf andere drei Kamele treffen. Die einzige Möglichkeit auf die andere Seite zu kommen war, ein Kamel hupft über ein anderes, jedoch nicht länger als eine Kamellänge. Der Student zeigte es uns einmal vor. Ich schaute gut hin und fand die Lösung heraus. Damit gewann ich einen silberigen Serviettenring, den ich heute noch habe.

Geschäfts-Aushilfe

Meine Eltern wollten wieder in die Ferien. Da ich nicht mit Tante und Onkel zusammen sein wollte, konnte ich im vorherigen Jahr mit meinen Eltern verreisen. Nun war die Tante wütend und sagte: «Wir arbeiten nicht, nur damit sich andere amüsieren können.»

Nun machte ich meinen Eltern folgenden Vorschlag: «Während den Schulferien gibt es nicht so viel zu tun, so könnte ich doch im Laden sein und mit den Angestellten werde ich mit meinen 18 Jahren auch zurechtkommen.»

Meine Eltern waren einverstanden und suchten einen Ersatz-Arbeiter für Papa, der für Bäckerei-Konditorei und Confiserie verantwortlich war. Aber dieser nahm sich keine so grosse Mühe. Die Patisserien waren gar nicht wie sonst. Ich erklärte ihm: «Unsere Kunden sind sich an andere Sachen gewöhnt, Sie müssen sich schon etwas mehr Mühe geben, besonders bei den Chaponnais, diese musste ich verschenken weil der Schockladen-Tupf ganz schräg hinunterlief.»

Da warf mir dieser Mann den Spachtel und den Topf mit Butter-Crème hin und schrie mich an: «Dann machen Sie es doch selber.»

Ohne etwas zu sagen nahm ich das Geschirr in die Hand und zeigte ihm exakt, wie die Patisserien bei uns gemacht werden. Klar war er sprachlos, so etwas hatte er von mir nicht erwartet. Beschämt machte er sich wieder an die Arbeit.

Er konnte ja nicht wissen, dass ich schon als Kind tüchtig mithelfen musste. Jeden Freitag musste ich 100 Patisserien machen, bevor ich spielen durfte. Ja sogar schon während des Krieges, als alle Männer im Militär waren, musste ich bereits als dreijähriges Kind mithelfen und täglich 20 Nussgipfel in einem Restaurant abliefern.

Dritte Einladung zum Couleur-Ball

Wieder einmal traf ich Max. Er hatte mir die Absagen der beiden Bälle verziehen und wir blieben einfach gute Freunde. Dann lud er mich zum dritten Mal zu einem Couleur-Ball ein. War ich froh, diesmal keine Angst vor einem Kuss und Nebenurteilen zu haben. Dazu hatte ich nun ein wunderschönes Ballkleid, welches mir Mutti in Zürich gekauft hatte. So konnte ich mich richtig freuen und zum ersten Mal meine Robe ausführen. Ich war diesmal überglücklich, doch Max war nicht mehr so begeistert. Vermutlich war es eher, sich an mir zu rächen für die vorherigen Bälle. Am Tisch sassen wir mit seinem Studenten-Bruder Ruedi und seiner Freundin zusammen.

Ruedi kannte ich aus der Schulzeit vom Eislauflager in St. Moritz. Von ihm wurde ich einmal zum Hausfest bei ihm zuhause eingeladen. Vermutlich fühlte er eine bestimmte Zuneigung für mich, denn er zeigte mir sein Zimmer und wie er sich für Chemie interessierte. Ich war fasziniert von all den Versuchen, welche er mir zeigte.

Papa erzählt von der Gräfin

Als Papa noch ledig war, durchreiste er ganz Europa und erlebte sehr vieles Ungewöhnliches. Einmal war er in Paris in einem vornehmen Hotel. Gleichzeitig traf er eine Frau Gräfin, die genau gegenüber von seinem Zimmer logierte. Sie war jung und sehr hübsch. Klar hatte mein Papa ein Auge auf sie geworfen. – Aber so einfach in Kontakt zu kommen war viel zu schwierig.

Als er nachts im Bett lag und vor sich hinträumte, da plötzlich klopfte es an die Tür und eine Damenstimme rief ganz aufgeregt: «Schnell, schnell, Hilfe, Hilfe!»

Papa nahm einen Sprung aus dem Bett, schlüpfte in die Hose und rannte hinaus.

Draussen stand Frau Gräfin und sagte: «Bitte helfen Sie mir. Es liegt ein Mann unter meinem Bett.»

Voller Stolz ging Papa in ihr Zimmer, um diesen Frechling herauszuschmeissen. Aber er konnte niemanden sehen. Er wollte Frau Gräfin beruhigen und trösten, aber oh weh. Als er sich umkehrte stand sie mit einem Revolver vor ihm und sagte: «Geben Sie mir Ihr Portemonnaie (Geldbeutel) oder ich bring Sie um.»

Das war wirklich dicke Post, aber was konnte man da tun, als dieser Frau sein Portemonnaie zu geben?

Nachdem befahl sie, ihr die goldene Uhr zu geben. Nun wurde es wirklich gefährlich. Was hatte diese Frau nur im Sinn? Aber Marsch! Befahl sie ihm und wieder sagte sie: «Geben Sie mir Ihre Uhr, oder ich mache kurzen Prozess. Ich zähle auf Drei und dann bring ich Sie um.»

Sie zählte Eins, – hielt ihm den Revolver entgegen, dann kam das Zwei. – Und – dann öffnete Papa das Armband und gab ihr schliesslich die Uhr.

Er hatte noch einen grossen, wertvollen, wunderschönen Ring an, den diese Frau entdeckt hatte und wiederum sagte sie: «Geben Sie mir Ihren Ring oder ich bring Sie um.»

Das war nun doch zu viel und Papa überlegte, wie er sie überlisten könnte. Aber sie schrie ihn nochmals heftig an mit den Worten: «Geben Sie mir Ihren Ring. Ich mache kurzen Prozess. Ich zähle bis Drei, dann bring ich Sie um.»

Sie hielt ihm den Revolver entgegen und dann zählte sie Eins, – dann kam das Zwei und –? Papa wurde es ganz heiss und – voller Angst erwachte er.

Oberi-Fest

Unserer Stadtteil, Oberwinterthur feierte das Oberi-Fest. Der Abend war schön und mild. Alles machte sich auf den Weg zum Fest, natürlich alle unsere Angestellten und auch die Mieter vom Haus. Es wurde ganz still. An so einen Rummel wollte ich nicht gehen, aber sollte ich immer zu Hause sitzen? Da plötzlich packte es mich, ich machte mich schön und ging auch ans Volksfest. Bald hatte ich einen guten Tänzer, der mich immer wieder aufforderte zum Tanzen. Ich war wieder einmal im Element. Dieser Herr hatte pechschwarze Haare und sagte zu mir: «Ich heisse Köbi, geschrieben Jakob, aber alle nennen mich schwarzer Zigeuner, wegen meinen Haaren. Kennst du das schöne Lied? (Du schwarzer Zigeuner, komm spiel mir was vor ...)»

Klar, das war im Moment der Super-Schlager, ein Tango, und gleich fingen wir zu singen an. Toll!

Als die Kapelle zu Spielen aufhörte, begleitete mich Köbi nach Hause. Wir sangen dieses Lied und noch andere Schlager und Köbi machte die ganze Zeit Spass, bis vor meine Haustüre. Wir wollten uns wieder sehen und so überliess ich ihm unsere Telefonnummer. Von da an lud mich Köbi öfters ein, besonders für spezielle Anlässe.

Leider musste er ins Militär, für 17 Wochen in die Offiziersschule. Meine Eltern fuhren auch weg, aber in die Ferien. Ich war wieder fürs Geschäft alleine verantwortlich. Dieses

Jahr hatten wir genug Angestellte und in der Konditorei einen gut eingearbeiteten Konditor.

Eines Nachmittags kam ein Militärauto vorgefahren. Zu meiner Überraschung stieg Köbi aus. Er sah chique aus in seiner Uniform. Ich offerierte ihm Kaffee und Kuchen in der Stube. Während den Sommerferien kamen nicht so viele Kunden, und ich hatte Zeit diesen Besuch zu geniessen.

Dies passte leider unserem Konditor nicht und er kam ohne anzuklopfen in die Stube und machte Radau, weil ich nicht im Laden stand. Empört fragte ich ihn: «Was kommt Ihnen überhaupt in den Sinn. Ich bin der Boss und ich habe das Recht, meine Freunde in meiner Stube zu bewirten.»

Aber dieser war komplett ausgerastet. Leider war es für Köbi Zeit um wieder zu gehen, oder vielleicht auch ein Glück, damit der Konditor wieder zurück an seine Arbeit gehen musste.

Am Wochenende holte mich Köbi ab, um die schöne Sommernacht zu geniessen. Kurz nach Mitternacht brachte mich Köbi wieder nach Hause. Er fragte, ob wir uns Sonntagmittag nochmals sehen könnten, bevor er wieder zum Militär abreisen müsse. Natürlich war ich voll mit dabei.

Jedoch als ich am Sonntagabend nach Hause kam, hatte der Arbeiter das Gefühl, er müsse mir die Leviten verlesen, weil ich mit Köbi zusammen im Ausgang war. Ich verstand diesen Mann nicht mehr und sagte ihm: «Erstens: Geht Sie, was ich mache überhaupt nichts an. Zweitens: Ist dieser Offizier ein guter Freund von mir und drittens: Ist es besser, wenn Sie jetzt auf sich selber aufpassen.»

Dann gab er mir zurück: «Ich werde Ihren Eltern schon erzählen, wie Sie herumhuren.»

Dieser Mann war unmöglich bis die Eltern heimkamen. Sofort erzählte ich ihnen was vorgefallen war, hingegen nahmen sie den Konditor auch ernst, und hatten Angst, dass ich mich schlecht benommen hätte. Zum Glück bestätigten die anderen Angestellten, wie unverschämt sich der Konditor benahm und vermutlich trieb ihn einfach die Eifersucht. Sicher dachte er, als erster Arbeiter hätte er das Recht, die Tochter des Hauses zu heiraten.

Ich war glücklich, als am Wochenende Köbi kam und mit meinen Eltern sprach. Endlich war alles klar, und nun wurde dieser Arbeiter geschasst.

Bei Tante Malele

Tante Malele besass eine Zahnarztpraxis im Allgäu. Ich hatte schlechte Zähne, deshalb offerierte sie meinem Papa, ich könnte zu ihr in die Ferien kommen und sie werde mir alle schlecht geflickten Zähne mit Goldplomben und Goldkronen ersetzen, damit seien die anderen Zähne auch besser geschützt. Also bewilligte Papa dies und im Herbst brachten mich meine Eltern ins Allgäu.

Mein Cousin Camille war auch gerade dort zu Gast. Wir hatten uns immer gut verstanden. Er zeigte mir die Praxis und was mich erwarten würde. Den berüchtigten Stuhl musste ich auch schon ausprobieren. Camille sagte, so geht's und er spritzte mir ins Gesicht.

Wir beide hatten es immer lustig, wenn ich nicht gerade in Behandlung war. Leider reiste Camille am dritten Tag schon wieder ab nach Hause.

Von Tante Malele wurde ich verwöhnt. Zum Frühstück musste ich immer viel essen, damit ich die Schmerzen besser verkraften werde. Mathilde, Tantes Hausangestellte, kaufte jeden Morgen verschiedene frische Brötchen. Sie bereitete einen extra schönen Tisch für mich, um meinen Appetit anzuregen. Tante Malele schaute, dass sie für mich möglichst viel Freizeit einräumen konnte, damit sie nach der Behandlung noch mit mir Spazieren gehen konnte.

Das Gold in meinem Mund hat die grosse Wirkung gebracht, meine Zähne blieben bis ins hohe Alter erhalten.

Wieder in Fürigen

Zum ersten Mal ging ich alleine in die Ferien nach Fürigen. Meine Eltern begleiteten mich per Auto dorthin und blieben bis zum wunderschönen Sonnuntergang. Dann verabschiedeten wir uns.

Am andern Morgen nach dem Frühstück ging ich zum Turnen, welches auf der Spielwiese stattfand. Noch wie früher erreichte man diese Wiese, wenn man mit der Fürigen-Bahn hinunter zum Strandbad fuhr und von dort per Freiluftlift in die höhergelegene Ebene hinauf zur Spielwiese.

Ich sah einen Mann, der Errol Flynn ähnelte. Sofort entflammte ein Feuer in mir. Leider war er in Begleitung. Ich hatte das Gefühl, dass diese Frau gar nicht zu ihm passte. Aber glücklicherweise verreiste sie am Samstag.

Nun war da eine sehr hübsche Blondine. Leider sprach sie nur deutsch. Sie hatte sich für mein Idol interessiert, der Jacques

Kurie heisst und Franzose aus Paris ist. Ausgerechnet diese Dame fragte mich, ob ich Jacques ausrichten würde, … Ich kann mich an die Details nicht erinnern, hingegen war ich überglücklich, weil ich mit Jacques ins Gespräch kam. Zudem hatte ich das Gefühl, diese reizende Dame passe prima zu diesem tollen Herrn. So durfte ich die Dolmetscherin spielen.

Doch dann eines Tages fragte mich Jacques: «Würden Sie mich und meine Schwester nach Luzern begleiten?»

Ich fiel aus allen Wolken und fragte: «Warum laden Sie nicht diese hübsche Dame ein?»

«Nein, die interessiert mich nicht, aber es würde mich freuen, wenn Sie mitkommen würden.»

Ich konnte es nicht fassen, aber ich fragte ihn, um sicher zu sein: «Mit mir wollen Sie ausgehen, ich habe doch nichts Damenhaftes zum Anziehen.»

«Kommen Sie so wie Sie sind, Sie gefallen mir so viel besser. Meine Schwester kommt zusammen mit dem Tanzlehrer, der uns mit dem Auto nach Luzern führt. Sie brauchen keine Angst zu haben. Es würde mich freuen, wenn Sie mitkommen würden.»

«Ja dann komme ich gerne mit.»

Klar war ich perplex und entzückt, gerade mit diesem Mann einen ganzen Abend zusammen zu sein und erst noch zum Tanzen.

Aber dass die Schwester mit dem blöden Tanzlehrer ausgehen musste, konnte ich nicht verstehen. Ich dachte mir: «Nun ja, vielleicht ist er für sie überhaupt kein Problem, besonders wenn ihr Bruder anwesend ist. Ich war ja mit Jacques zusammen und mit dem Tanzlehrer hatte ich (Gott sei Dank!) nichts zu tun.»

Ich konnte es noch nicht fassen, dass gerade ich von meiner grossen Flamme eingeladen worden war. Nur schade, dass nur der Tanzlehrer uns mitnehmen konnte. Doch der Abend war wie ein Traum, zusammen mit meinem Idol Jacques.

Am folgenden Abend holte mich Jacques an den Tisch seiner Familie und sagte: «Von nun an sollst du dich immer zu mir und meiner Familie hinsetzen.»

Die Mutter war etwas skeptisch, umso mehr war ich beim Vater sehr willkommen. Zu meiner Verwunderung sprach Jacques seine Eltern per Sie an.

Die hübsche blonde Dame hatte ich nicht mehr gesehen, sie war wie vom Erdboden verschwunden. Nun stand nichts mehr im Weg, um mich mit Jacques zu präsentieren.

Einmal gingen wir zusammen mit noch zwei Franzosen auf die Hauptstrasse, um das Autostoppen auszuprobieren. Wir amüsierten uns köstlich, als einer anhielt, um das Mädchen mitzunehmen und da waren wir gleich zu viert, um einzusteigen. Trotzdem nahm er uns für ein ganz kleines Stück mit, aber vermutlich hatte dieser Mann etwas Angst mit so vielen Franzosen.

Am Sonntag kamen meine Eltern wieder, um mich abzuholen. Papa kann leider kein Französisch, aber ihm hatte Jacques und die Familie gefallen. Mit Gesten konnten sie sich auch ein bisschen verständigen. Die Abfahrt durfte ich hinauszögern und Jacques begleitete mich noch ein grosses Stück, danach ging er per Fürigen-Bahn zurück. Zusammen mit Jacques verbrachte ich eine unvergessliche und fantastische Ferienwoche.

Tanzlehrer Egli

Wegen dem blöden Tanzlehrer Egli? Das war nämlich so: In der ersten Woche fand ein Karneval im Hotel statt, für den der Tanzlehrer Kleider vermietete. Er fragte mich: «Wäre es möglich, mir bei der Vermietung zu helfen? Dies wäre gut, weil Sie mehrere Sprachen sprechen. Dafür offeriere ich Ihnen ein Gratiskleid, welches Sie als Erste auslesen dürfen.»

Dieses Angebot nahm ich mit Vergnügen entgegen. Ich durfte zwei Kleider in meinem Zimmer anprobieren, was ich gleich unternahm und ging hinauf.

Gerade wollte ich ins Kostüm steigen, als der Tanzlehrer Egli einfach in mein Zimmer eintrat und mich gleich umarmen wollte. Ich zitierte in hinaus mit: «Gegen Sie hinaus, aber null Komma plötzlich!»

Er aber drückte mich aufs Bett und ich, halb nackt, probierte mich zu decken mit der Bettdecke und damit rutschte es etwas hin und her. Dann aber kniete er auf meine Oberarme und hielt meine beiden Hände, sodass ich nicht mehr wusste, wie ich ihm entkommen könnte. Ich blieb für einen Moment wie gelähmt und dachte, wie ich entkommen könnte. Dann plötzlich riss ich alle meine Kräfte zusammen, und mit einer schnellen Bewegung schlüpfte ich aus dem Bett und riss die Bettdecke mit, um mich abzudecken. Dann rief ich mit lauter Stimme: «Jetzt aber Marsch aus meinem Zimmer, sonst springe ich aus dem Fenster.»

Es war mir lieber etwas zu brechen, als diesem Teufel in die Hände zu gelangen.

Ich konnte es noch nicht fassen, als er mein Zimmer verliess. Schnell verschloss ich die Türe und zitterte am ganzen Körper. In Zukunft werde ich immer gleich hinter mir die Türe verschliessen, wenn ich in ein Hotelzimmer eintrete.

Von da an hänselte mich der Tanzlehrer Egli ständig und nannte mich keusches Mauerblümchen.

Schulanfang in England

Meine Cousine Elsie, die in England wohnte, besorgte für mich einen Platz in einer Familie, wo ich halbtags arbeiten und halbtags zur Schule gehen konnte. Es war ein älteres Ehepaar mit zwei kleinen Buben. Der Grössere kam soeben in den Kindergarten und den Kleineren musste ich hüten und gleichzeitig etwas Hausarbeit erledigen. Mrs. Miller war Lehrerin in einer Spezial-Schule und kam bereits um drei Uhr nachmittags nach Hause, dann ging ich zur Schule.

An Wochenenden hatte Mrs. Miller Zeit, um mir ihre Spezialitäten zu zeigen. Sogar für mich als Bäckerstochter war es neu, wie man mit englischem Mehl die englischen Cakes bäckt.

Zu meiner Überraschung putzte Mr. Miller sogar alle Schuhe, weil dies in England Männersache ist. So hatte ich ein sehr schönes Leben und dazu bekam ich noch einen grossen Lohn im Verhältnis für das, was ich zu tun hatte.

Einmal zeigte mir Mr. Miller, wie man in Schottland tanzt. Ich probierte es nachzutanzen und dies ging ganz gut. Plötzlich ging die Türe auf und der Kleine kam herein. Er schaute uns zu, stemmte die Arme in die Hüfte, dazu machte er ein böses Gesicht und sagte: «Have you ants in your pants?» (Habt Ihr Ameisen in Euren Hosen?)

Eines Abends badete ich die Kinder und kniete neben der Badewanne, um die beiden Buben einzuseifen. Plötzlich fragte mich der Kleine: «Lea, warum hast du zwei Bäuche?»

Im Oktober fing die Schule an. Es waren lauter Ausländer. Franzosen, Deutsche, Iraker, Chinesen, Belgier, Afrikaner, Spanier, Italiener und noch eine Schweizerin. Am Sonntagabend gingen wir immer in die Kirche, wo Father Robert die Messe las und anschliessend mit uns ins anliegende Kirchgemeindehaus ging. Dort zeigt uns Father Robert verschiedene englische Volkstänze, Gesellschaftstänze und sogar die Modetänze wie Rock'n'Roll der gerade der neuste Hit mit Elvis Presley und Bill Haley war. In der Pause bekamen wir, für ganz wenig Geld, Tee und Kuchen. So waren wir Studenten immer gut behütet wie in einer Familie.

Suezkanal Krieg

In der Schule sagte unser Professor: «England führt Krieg mit Ägypten und wenn sie bombardieren, werden sie es sicher auf unsere Pier von Southend abgesehen haben, welche die längste Pier der Welt ist. Die High Street ist die Fortsetzung von der Pier und am Ende steht unser College. In solch einem Fall wird mit grösster Sicherheit auch unser College bombardiert werden.»

Aus diesem Grund reisten die Schweizerin und alle Deutschen wieder nach Hause. Nur ich blieb als einzige Deutschsprechende zurück. Ich dachte mir, es kommt ja nicht darauf an, ob ich in England oder sonst wo sterbe. Dies überlasse ich dem Herrgott und lebte ganz ruhig weiter.

Eigentlich war es sehr gut für mich, denn somit musste ich immer englisch sprechen. Dafür war ich sehr oft mit französischsprechenden Studenten zusammen. Ich konnte profitierten, auch noch zusätzlich Französisch-Unterricht zu nehmen. Das Briefschreiben an Jacques wurde dadurch für mich erleichtert.

Sprachproblem

Samstagnachmittag ging ich meistens ins Kino und schaute mir möglichst Musicals an. Mrs. Miller fragte mich, ob ich ihr einen Nylon-Rubber zum Abwaschen mitbringen könnte, falls ich in die Stadt ins Kaufhaus gehe. Keine Sache, da ich ja sowieso beim Einkaufs-Zentrum vorbeikam. Aber nun hatte ich vergessen, was ich sagen musste und konnte es nirgendwo sehen. Also fragte ich die Verkäuferin, wo man Nylon bekommt. Sie wollte aber wissen, was für Nylon. Da erinnerte ich mich, dass die Buben immer Rubbish gesagt hatten und so sagte ich zur Verkäuferin «Nylon-Rubbish». Sie wurde wütend und sagte zu mir: «Go, go, go away!»

Ich konnte es mir nicht erklären und versuchte ihr beizubringen, dass ich so etwas zum Abwaschen bräuchte, ob sie mir bitte sagen könnte, wo ich so etwas wie Nylon-Rubbish bekomme. Sie hatte aber kein Musikgehör und schickte mich einfach weg. Hingegen hörte eine sehr nette ältere Dame von meinem Problem. Sofort war sie mir behilflich und führte mich an den richtigen Ort.

Ein anderes Mal kaufte ich mir ein paar Biskuits, welche ich im Kino essen wollte, darum bat ich die Verkäuferin: «May I have a sack please?» (In der Schweiz sagen wir Sack und wie ich wusste, heisst es englisch auch so.) Die Verkäuferin aber antwortete: «Nein, so etwas brauchen wir nicht.»

Das nahm ich ihr aber nicht ab und fragte nochmals. Darauf hin fragte sie mich: «Für was wollen denn Sie einen Sack? So etwas haben wir nicht.»

Nun überlegte ich, warum sich diese Frau getraute, mich dermassen anzulügen, und deswegen fragte ich sie nun: «Mit was packen Sie denn die Sachen für Ihre Kunden ein?»

Worauf sie von oben herab antwortete: «Was fällt Ihnen ein, bestimmt brauchen wir keinen Sack für unsere Kunden. Aber für was in aller Welt brauchen Sie einen Sack?»

Ich konnte das nicht begreifen, weshalb diese Frau so komisch tat. Aber dann versuchte ich ihr bescheiden zu erklären: «Ich möchte gerne dieses Päckchen Biskuit in einen Sack stecken, weil ich ins Kino gehe und dort davon naschen möchte und damit keine Bröseln zu Boden fallen, hätte ich gerne einen Sack.»

Doch dann fing sie an zu lachen und sagte: «Oh, you like a paper bag, not a very big sack.»

Aha, nun verstand ich: in Englisch gibt es zweierlei Säcke, der Sack ist ein Emballage-Sack, wie für Kartoffeln, und zum anderen Sack muss man Papiertasche sagen.

Ruedi in London

Ruedi, den Studentenbruder von Max, nenne ich nun ebenfalls Brüederli. Zur gleichen Zeit waren wir in England, um das Englisch besser zu beherrschen. Ruedi war in Luton, im Norden von London, und ich im Osten in Southend. Wir schrieben einander und vereinbarten, uns in London zu treffen. Es war ein sehr ungemütlicher, nasskalter Tag und es schneite so halb, halb. Ruedi fragte mich, ob ich schon einmal Indisch oder Chinesisch gegessen hätte. Natürlich war das neu für mich und ich probierte gerne etwas Pikantes. Damals gab es noch nichts dergleichen in der Schweiz.

Also führte mich Ruedi in ein indisches Restaurant und bestellte für uns beide das Essen. Ohhh, das war aber sehr scharf, mehr als nur pikantes Essen. Mir brannte der ganze Mund und Tränen schossen mir in die Augen. Auf so etwas war ich nicht gefasst. Brüederli aber hatte schon genügend Wasser bestellt, das ich gleich leerte und nach noch mehr lechzte. (Heute weiss ich: mit Pikantem niemals Wasser, sondern etwas Süsses trinken.) Nach dem Essen hatte ich immer noch Hunger. Das scharfe Zeug machte mich nicht satt. Draussen war es fürchterlich kalt und ich dachte, ins nächste Restaurant zu gehen und mir ein Essen zu bestellen. Aber s'Brüederli wehrte ab, weil der Film im Kino schon angefangen hatte. Er tröstete mich und versprach, nach dem Film Essen zu gehen.

Als der Film zu Ende war spürte ich zu meiner Überraschung absolut keinen Hunger mehr, dieser war wirklich weg, ja ich fühlte mich sogar sehr wohl und warm.

Leider war es schon wieder Zeit, um meinen Zug zu besteigen. Ruedi begleitete mich zum Bahnhof. Ich bedankte mich bei ihm für diesen speziellen Tag. Denn dank ihm durfte ich so viele neue Erfahrungen machen.

Geschenk zum 20. Geburtstag

An meinem Geburtstag im Dezember und in England wurde ich volljährig. Ich wünschte mir für diesen speziellen Tag einen Pelzmantel. Meine Cousine Elsie zeigte mir, wie günstig man in England Pelze kaufen kann und das schrieb ich meinen Eltern. Sie waren einverstanden für so ein enormes Geschenk, aber sie bezahlten nur die Hälfte, und für die andere Hälfte müsse ich selber aufkommen. Voller Stolz suchte ich mir einen schönen billigen Pelzmantel und kaufte einen Murmelnerz, den ich noch heute tragen kann. Leider sind die Ränder etwas abgenutzt, trotzdem habe ich immer noch Freude daran.

Elisa aus Italien

In der Schule gab es immer einen Vorsteher für die gleichsprachigen Schüler. Im Januar fragte mich Father Robert: «Ich weiss, in der Schweiz spricht man auch Italienisch und deshalb habe ich an Sie gedacht. Könnten Sie sich einer Italienerin annehmen? Sie ist alleine und kommt aus einer sehr guten Familie, die sich an meine Gemeinde gewendet hatte.»

Natürlich hatte ich nichts dagegen, und mit meinen paar italienischen Wörtern würden wir schon zurechtkommen.

Kurze Zeit später hatte die Italienerin Elisa ihren Geburtstag. Weil Elisa fern von zu Hause war, probierte ich, ihr diesen Tag zu verschönern, indem ich sie abends besuchte und ihr ein kleines Geschenk mitbrachte. Sie war sehr überrascht und sehr dankbar. Später sahen wir uns beim Tageseinkauf. Ich entdeckte ihren schönen Türkisring den sie trug und machte ihr dafür ein Kompliment. Daraufhin zog sie den Ring aus und wollte diesen mir schenken. Natürlich wollte ich so einen kostbaren Ring nicht annehmen. Aber Elisa bestand darauf, dass ich ihn von nun an tragen solle, zum Zeichen unserer Freundschaft. So konnte ich es nicht abschlagen und nahm den Ring an. Wir sind ewige Freundinnen geblieben.

Als wir einmal am Samstagnachmittag zusammen in der Stadt waren, probierten wir Kleider. Die Zeit verging viel zu schnell. Ich hatte gerade ein schönes Nachmittagskleid anprobiert, das zwar etwas eng war. Als Elisa auf die Uhr schaute, schrie sie aufgeregt: «Der Bus, es ist schon höchste Zeit, der Bus steht schon unten bei der Kreuzung. Zieh dich an wir müssen gehen.»

Aber ich kam nicht aus dem engen Kleid heraus und die Aufregung dazu half auch nichts. Elisa kam mir zu Hilfe und trotzdem kam ich nicht aus dem Kleid heraus. Wir mussten so lachen, was den Prozess noch mehr verlangsamte. Elisa zog so fest sie konnte, plötzlich ging's und ich schlüpfte in meine Kleider. Dann rasten wir durch das Geschäft davon, als hätten wir etwas gestohlen, dabei mussten wir so lachen, dass uns die Tränen hinunterrannten. Schliesslich erreichten wir ganz knapp, aber doch noch, den Bus.

Ball mit Donald

Don, der Freund von Elsie und der ganzen Familie Jay, verwöhnte mich schon als ich noch ein Kind war. Nun lud er mich zu einem sehr prominenten Ball ein. Sofort mussten meine Eltern mir mein schönes Ballkleid schicken. Als Mrs. Miller mich fein gekleidet in diesem hübschen Ballkleid sah, wurde sie leider eifersüchtig. Zudem wurde ich noch von einem Gentleman abgeholt, der zur obersten konservativen Partei gehörte, wo auch immer ein Angehöriger der Königsfamilie anwesend war.

Für mich war es sehr aufregend, am Ball und bei der High-Society dabei zu sein. Don hatte das Gefühl, ich müsse zu jüngeren Leuten sitzen und so arrangierte er, dass wir Rücken an Rücken und ich zwischen einem jungen Ehepaar sitzen konnte.

Während dem Essen musste ich links und rechts Auskunft geben. Auf dem Teller lag ein Hackfleisch-Küchlein, das auf einem Salatblatt serviert wurde. Aber es war wie Sägemehl zum Essen. Da fragte ich, was das wäre. Den Namen weiss ich nicht mehr, aber sie erklärten mir, welche Delikatesse es sei, indem sie mir erzählten: «Im Schlamm, da leben diese ganz kleinen Engerlinge. Es braucht sehr viel Mühe bis man nur wenige zusammenbringt und deswegen bekommt man diese nur ganz selten, dazu ist es eine beliebte Delikatesse.»

Diese Erklärung genügte, mir war es zu viel, ich konnte von diesem Moment an nichts mehr hinunterschlucken. Hingegen schmeckte mir das Nachfolgende sehr gut.

Natürlich wurde getanzt. Alle Damen trugen wunderschöne lange Ballkleider. Es sah herrlich aus, wie sie den englischen Walzer tanzten. Aber dann tanzten sie Rock'n'Roll und Twist, die Tänze, die gerade frisch aufgekommen waren. Im College tanzten wir diese wilden Tänze, jedoch kleideten wir Mädchen uns dementsprechend mit Hosen und Pullover. Auch trugen wir die dazu passenden Ballerinen-Schuhe. Aber nun sah es wirklich komisch aus, alle die fein gekleideten Damen in langen Kleidern, die verrückt Twist tanzten. Dies war wieder einmal ein unvergesslicher und verrückter Abend.

Einen Monat später fragte mich Don, ob ich Lust hätte, an einen weiteren Ball zu gehen, aber diesmal hätte er einen jungen Herrn für mich, der mit ihm an der «Howard College Old Boys» studierte. Natürlich war ich gerne dabei, obwohl ich fast lieber mit Don zusammen gewesen wäre. Leider hatte er selber immer das Gefühl neben mir als mein alter Onkel zu figurieren.

John

Nun stellte Don mir diesen jungen Herrn vor, aber der hatte auch schon seine 30 Jahre auf dem Buckel. Ein richtiger Engländer im schwarzen Anzug, gross und korpulent, mit gelbblondem Haar und weissrötlicher Haut. Seine Eltern waren eher klein und zierlich, aber sehr sympathisch und liebevoll. Zudem wohnte John nur ca. zehn Fussminuten von mir entfernt, sodass wir uns jederzeit treffen konnten. Nun lud mich John an den Ball der Howard Universität Old Boys ein. An diesem Ball waren wieder lauter Leute aus der High-Society. Ich fühlte mich wohl in meinem schönen Ballkleid und keineswegs als kleine Kuhschweizerin.

Ein paar Tage später führte mich John zum Tennisplatz. Er war ein sehr guter Tennisspieler und gehörte zur Elite, aber diesmal wollte er wegen mir nur zusehen. Die Tage wurden länger und wärmer. John kam mit dem offenen Auto daher. Diesmal führte er mich zu einem kleinen See, um einen Spaziergang zu machen.

Alle diese Sachen gefielen mir gut und ich fühlte mich behütet in seiner Gegenwart. Er zeigte mir auch die Villa, welche seinen Eltern an der Meerfront gehört. Im Schlafzimmer erklärte er mir, dass wenn wir verheiratet seien, würden wir immer hier schlafen. Dann nahm er mich in die Arme und wollte das Doppelbett ausprobieren. Aber ich war natürlich nicht bereit, meine Kleidungsstücke abzulegen. Er nahm sich alle Mühe, mich von etwas anderem zu überzeugen, aber das schreckte mich nur noch mehr ab und ich wollte nach Hause. Unsere Freundschaft bestand aber weiterhin, jedenfalls für mich nur als reine Freundschaft

Schulkameraden

Manchmal verbrachten wir Schulkameraden den Samstagnachmittag miteinander. Wir organisierten Ausflüge, um auf dem Land draussen zu wandern. Als Europäer singen wir gerne bei solchen Angelegenheiten. Aber in England singen nur Leute, die betrunken sind. Dementsprechend wurden wir schräg angesehen, aber wir konnten uns umso mehr darüber amüsieren. Auf den Bahnhöfen, wo ein Gedränge herrschte, hielten wir uns fest bei den Händen, wodurch eine lange Schlange entstand. Dabei sangen wir durch das Gewimmel hindurch. Pierre lehrte uns das französische Lied mit sweng, sweng, sweng, diese Wörter konnten unsere weltweit gemischte Gesellschaft schnell lernen und mitsingen. Auf diese Weise waren wir auch sicher, dass keiner verloren ging.

Manchmal reisten wir zu einem «Stockcar Racing». Ich hatte keine Ahnung davon. Auf dem Weg erklärte mir Pierre, der unsere Gruppe anführte, was dieses Racing bedeutet.

Pierres Eltern gehören zum Belgischen Königshaus und er musste bereits als kleines Kind, immer schwarze Anzüge tragen. Nun war er freier und genoss es, ohne Etikette zu leben. Leider hatte er sich vulgäre Wörter angewöhnt und ich hörte bei jedem zweiten Satz: «Merde.» Mein Gefühl war, dass ich ihn darauf aufmerksam machen musste und sagte: «Aber Pierre, du kommst aus einer sehr guten Familie und sollst nicht dieses primitive Wort in den Mund nehmen, speziell weil du es bist.»

Aber daraufhin sagte er: «Tu sais, merde, ça va pour bonjour.»

Verliebte sich einer und liebkoste in unserer Anwesenheit, bat ihn Pierre: «Wer in unserer Gesellschaft ist, soll sich wie Bruder und Schwester benehmen oder auf eigene Faust etwas unternehmen.»

Auf diese Weise verbrachte ich eine wunderschöne und fröhliche Etappe meines Lebens.

An einem warmen Sommerabend, in einer Vollmondnacht, gingen wir nach der Schule hinunter zur Themse und machten eine «Fish and Chips Party». Am Strand verspeisten wir, was wir in Tüten gekauft hatten. Als ich nach Hause ging, war es etwas später, ca. 23:30 Uhr, und niemand mehr war auf der Strasse. Ich bekam Angst und zog meine Schuhe aus, damit man meine Schritte nicht hörte. Dann rannte ich so schnell ich konnte nach Hause. Dabei kamen meine aufgesteckten Zapfenlocken immer weiter herunter und der Wind wühlte darin, was mir in diesem Moment einerlei war.

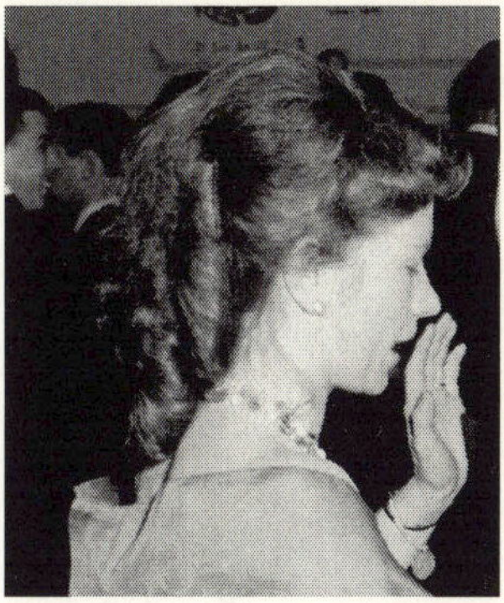

Zu Hause angekommen öffnete ich die Türe, da stand Mrs. Miller und schimpfte. Sie entwickelte eine komplett andere Vorstellung und glaubte mir kein Wort, warum ich in diesem Zustand so spät von der Schule kam.

Sie schickte mich am anderen Tag zum Arzt mit den Worten: «Der Arzt erwartet Sie morgens um zehn Uhr wegen Ihrer unregelmässigen Periode.»

Als mich der Arzt ins Zimmer rief, begann dieser an zu schimpfen und fragte mich: «Wer ist der Vater? Und lügen Sie mich ja nicht an, denn das kenne ich schon. Jede sagt und lügt, sie hätte nichts gehabt mit einem Mann. Sie wollen mir doch nicht angeben, Sie wären die Heilige Maria. Ich weiss alles. Mrs. Miller hatte es mir erzählt, was Sie für eine sind.»

Ich war sprachlos und fiel aus allen Wolken. Wenn es sein muss, kann auch ich schimpfen: «Was fällt Ihnen ein! Und wegen Mrs. Miller, die vielleicht schlechte Gedanken hat, ist das noch lange nicht die Wahrheit. Ich weiss doch, dass ich bis heute noch keinen Mann anerkannt habe und von gar nichts gibt es sicher keine Kinder! Die Periode hatte ich noch nie regelmässig, nur dieses Mal sind es schon zwölf Wochen und mein Bauch stört mich etwas. Das ist alles.»

Darauf bekam ich die Antwort: «Ja, wenn es so ist, dann warten Sie einfach bis die Periode kommt. Sie brauchen gar nichts.»

Schweizer Pfadfinder

Als nun die Schule vorbei war, wollte ich noch ein paar Ferientage in einer Pension verbringen und England geniessen. Als ich am Meer entlang spazierte, gingen zwei Pfadfinder an mir vorbei. Es sah aus, als wären sie Schweizer. Ich überlegte, was ich machen sollte, denn in England spricht eine weibliche Person gar nie einen Mann an. Aber was mache ich, um zu wissen, ob diese zwei Pfadfinder meine Landsleute sind oder nicht? Wie kann ich mich bemerkbar machen und diesen beiden sagen, dass ich auch aus der Schweiz komme? Auch hatte ich praktisch seit einem Jahr keinen Deutschsprechenden mehr gesehen und schon gar nicht aus meiner Heimat. Soll ich diese Pfadfinder einfach so vorübergehen lassen? Nein, ich konnte es nicht mehr aushalten und näherte mich und fragte ganz zaghaft in Englisch: «Sorry, are you Boy Scouts from Switzerland? And from where are you coming?"

Gleichzeitig sagten beide: »Yes, yes, from Zürich."

Dann überglücklich sagte ich: «Und ich komme aus Winterthur.»

Sie schauten einander an, dann fragten sie mich erstaunt: «Sie meinen Ihr Vater kommt aus Winterthur und Sie sind Engländerin?»

«Nein, wie kommen Sie dazu, ich bin doch aus Winterthur, sonst könnte ich doch nicht so gut Schweizerdeutsch sprechen.»

Die beiden schauten sich wieder gegenseitig an und lachten. Das wollten sie mir nicht abnehmen und sagten mit diesen Worten: «Glauben Sie, Sie sprechen Schweizerdeutsch?»

«Spreche ich denn nicht Schweizerdeutsch? Das ist sicher nicht Englisch, oder was glauben Sie was ich jetzt spreche?»

Sie lachten mich aus: «Nein, das ist kein richtiges Schweizerdeutsch, denn Sie haben einen fürchterlichen englischen Akzent. Sie sind auch nicht fähig, richtige deutsche Sätze zu sprechen, es klingt so komisch.»

Ich fiel aus allen Wolken: «Was, ich habe meine Sprache verloren?»

Hingegen waren die Beiden glücklich jemanden getroffen zu haben, der ihre Sprache verstand und mit Englisch behilflich war und sich obendrein in Southend auskannte. Deshalb fragten sie mich, ob ich sie als Reiseführerin begleiten würde. Das kam mir gelegen, denn damit hatte ich Gesellschaft für meine drei Ferientage.

Natürlich zeigte ich ihnen zuerst die längste Pier der Welt, welche eine Meile lang war und auf der man per Bahn hinausfahren konnte. Dabei begann ich nach und nach wieder meine Sprache etwas zu verbessern. So verbrachten wir drei lustige und unterhaltsame Tage zusammen.

Paris mit Mutti

Der Tag, an dem ich England verliess, rückte heran und ich reiste über Paris nach Hause. Nahe bei Southend liegt ein kleiner Flughafen, von wo aus ich nach Paris flog, um dort meine Mutti zu treffen. Alle hatten Angst weil am 18. Juni 1957 ein Schulflugzeug in den Bodensee stürzte, dabei fanden alle Insassen den Tod. Kurt Wiesendanger, Grill, der Freund von Ruth, mit seinen 25 Jahren, war der Jüngste unter ihnen.

Trotzdem hielt mich nichts davon ab, erstmals in ein Flugzeug zu steigen. Mutti reiste aus der Schweiz per Bahn mir entgegen nach Paris. In der Künstler-Stadt verbrachten Mutti und ich eine sehr intensive Woche mit all den Highlights von Paris.

Eigentlich wollte ich Jacques besuchen. Doch leider hatte er mir geschrieben, dass er zu dieser Zeit bereits im Hotel Fürigen verweile, weil er seine Ferien schon längst vorher gebucht hatte. Für mich war es leider unmöglich den Schulschluss umzukrempeln und so blieb es dabei.

Zum ersten Mal benutzte ich einen kleinen Flughafen und war sehr überrascht, denn das Flugzeug war auch ein ganz kleines und machte einen fürchterlichen Lärm. Es schaukelte und ratterte ganz heftig, trotzdem landete ich gut in Paris.

Mutti erwartete mich im Flughafen. Ich hatte soviel zu erzählen und auch Mutti, doch dann sagte sie zu mir: «Du hast ja einen intensiven englischen Akzent, man versteht dich gar nicht so gut.»

Ich konnte es kaum glauben, weil ich mich selber ja nicht hörte. Aber in Paris hörte ich den ganzen Tag Französisch und war mit Mutti zusammen, wo ich die ganze Woche Schwyzerdütsch sprach und damit verflachte sich mein englischer Akzent und auch die Satzführung.

Paris ist eine wunderschöne Stadt, und erst wenn man selber mittendrin ist, bekommt man den richtigen Eindruck von dieser fantastischen Stadt. Montmartre, Sacré-Cœur, Notre-Dame, Louvre, auch die Champs-Elysées mit dem Place Étoile und dem Arc de Triomphe, der berühmte Eiffelturm an der Seine und ausserhalb der Stadt in Versailles der Königspalast.

Mutti musste natürlich mit mir ins Moulin Rouge zum Tanzen. Ein sehr hübscher, netter Junge forderte mich zum Tanz auf. Er war ein Kavalier und vermutlich sehr reich. Nachdem er mich einige Male zum Tanzen aufgefordert hatte, sagte er: «Du gefällst mir, ich liebe dich, werde meine Geliebte. Du brauchst dich nicht zu fürchten, ich kann dir alles geben was du möchtest und ich kann dir jeden Wunsch erfüllen. Ich komme aus Casablanca.»

Da fürchtete ich mich und ich hatte schon das Gefühl einem Mädchenhändler begegnet zu sein. Mutti aber beruhigte mich, das wäre nichts anderes, als ein junger Mann, dem ich als blondhaariges Mädchen gefalle. Die Mädchen-Händler sähen anders aus und wären bestimmt älter.

Einen Tag verbrachten Mutti und ich in Versailles. Ich konnte mir diese Grösse und diesen Prunk niemals vorstellen, obwohl man uns in der Schule davon unterrichtete. Wir wanderten den ganzen Tag im Schloss und im Park herum. Am Abend gab es eine Vorstellung hinter dem Schloss. Es war die Geschichte von damals mit den Königen Louis und Napoleon. Über verschiedene Lautsprecher wurde dies in französischer Sprache vorgetragen. Mit Lichtstrahlen, welche sich von einer zur anderen Seite des Schlosses bewegten, konnte man sich die Geschichte vorstellen. Ich mag mich erinnern, wie man Schritte hörte und dann mit dem Stock auf den Boden klopfte, um den König anzukündigen: «Le Roi, le Roi.» Dann gingen die Schritte weiter und das ganze wiederholte sich. Plötzlich wurde geklatscht und da merkte ich, dass ich geschlafen hatte und durch das Klatschen geweckt wurde. Leider war der ganze Spektakel schon vorbei. Müde reisten wir wieder zurück in die Stadt, um nach dem anstrengenden Tag endlich todmüde ins Bett zu sinken.

Paris und Jacques

Obwohl ich wusste, dass Jacques in der Schweiz war, wollte ich doch wissen, wo er wohnt. Mutti hatte volles Verständnis und begleitete mich. Als wir das Haus in der Peripherie gefunden hatten, hörten wir Stimmen. So läutete ich an der Hausglocke. Jacques' Mutter öffnete und war sehr zuvorkommend, wo sie doch vorher immer so reserviert war und eher abweisend. Sie bat uns ins Wohnzimmer zu kommen. Sie brachte von Jacques diverse Fotos und stellte sie im Halbkreis auf dem Tisch auf. Natürlich zeigte sie mit Stolz die Fotos von Jacques in seiner Fluguniform als Flugingenieur. Auch bediente sie uns fürstlich, was ich mir nie erhofft hätte. Aber dann erzählte sie mir, dass Jacques bald heiraten werde.

Trotzdem bereute ich es absolut nicht, mich auf die Socken gemacht zu haben, um zu wissen, wo Jacques mit seinen Eltern wohnte und seine Umgebung anzuschauen. Dazu erfuhr ich, dass ich mir keine falsche Hoffnung mehr machte.

So verging auch diese Woche, bis Mutti und ich abreisen mussten. Mit dem Roten Pfeil, dem damaligen schnellsten Zug, fuhren wir nach Zürich. Dort wartete Papa auf uns und chauffierte uns anschliessend nach Hause.

Meine Arbeit zu Hause

Wieder zu Hause half ich vorerst mal im Geschäft. Der Geschäftshaushalt ist weitläufig und es gibt immer viel Arbeit. Weil ich die Haushaltschule besucht hatte, konnte ich mein Wissen unserem Mädchen weitergeben. Mit Mutti wechselte ich wöchentlich ab, für eine Woche übernahm sie den Haushalt und ich den Laden und die andere Woche umgekehrt.

Während meines Englandaufenthalts stapelte sich der Flickkorb zu einem riesigen Berg. Ich hatte auch Kunstflicken gelernt und so war es meine Aufgabe, mich hinters Flicken zu machen. Eine mühsame Arbeit, aber am Ende freute ich mich über meine Kunstwerke.

Auch nähte ich meine Kleider selber, besonders meine Cocktail-Kleider. Auch wollte ich Mutti elegant einkleiden und nähte ihr Sommerkleider mit Jackett, oder die passende Stola dazu. Auch nähte ich ihr ein Abendkleid mit Stola und noch die passende Tasche dazu.

Am Abend sass ich gerne in der Stube und strickte für Papa Socken mit feiner Wolle, die ich ihm jeweils zu Weihnachten schenkte. Zwischendurch machte ich auch Frivolités, bei denen man mit Hilfe eines Schiffchens den Faden knüpft. Mit dieser Arbeit umrandete ich Taschentücher.

Ich lernte Teppichknüpfen und machte mich an eine sehr grosse Arbeit. Für meine Eltern knüpfte ich eine Bettumrandung. Das Schlafzimmer war sehr gross und alleine der Läufer war vier Meter lang und 85 Zentimeter breit. Ich nahm mir vor, einfach täglich mindestens zehn Reihen zu knüpfen. Trotzdem brauchte ich mehr als ein Jahr bis alle drei Teppiche fertig waren.

Kindermädchen und Chauffeuse

Muttis 17 Jahre jüngere Schwester fragte, ob ich mit ihnen in die Ferien kommen könnte, sie bräuchte ein Kindermädchen. Meine Eltern waren einverstanden. Papa bot ihnen sogar als Gegenleistung das Auto an, welches ich chauffieren konnte.

Es ging an die Riviera nach Finale Ligure, ein kleiner hübscher Ort am Meer. Mein Onkel, der im Militär Copilot war, sass nun neben mir als meinen Copilot. Nun ging es los, dem Süden entgegen über den Gotthard, wo wir in Giornico die uralte Kirche besichtigten. Danach fuhren wir weiter nach Lugano bis zu «Suisse Miniature» welches nicht nur für die beiden Buben, sondern auch für uns interessant zum Bewundern war. Nachher ging es nur noch über den Damm des Lago di Lugano bis Bissone, wo wir übernachteten.

Am Morgen nach dem Frühstück, als wir zum Parkplatz am See kamen, bekletterten die zwei Buben bereits ein Como-Bötchen das dort angelegt hatte. Dann fuhren wir weiter nach Italien. Ein gutes Stück nach Milano machten wir einen Halt, um das altbekannte Kloster in Certosa di Pavia zu besichtigen. Weiter ging es bis nach Genua und dem Meer entlang, bis wir schliesslich in Finale Ligure ankamen.

In einem Luxus-Hotel stiegen wir ab. Mit meinen beiden Cousins teilte ich das Zimmer, damit sie unter ständiger Aufsicht waren. Zum Essen mussten sich die Kinder immer anständig kleiden und dementsprechend sollten sie sich auch benehmen.

Ich hatte es immer lustig mit meinen beiden kleinen Cousins, wir verstanden uns sehr gut. Von zuhause nahm ich zwei grosse

Autopneus mit. Die Buben setzte ich darauf, um sie im Meer herumzustossen. Der Grössere rutschte einmal durchs Loch ins Wasser. Vor lauter Angst schluckte er vom salzigen Meerwasser.

Während dem Nachtessen erzählte er seinen Eltern: «Ich bin beinahe gestorben. Ich fiel auf den Meeresgrund und ging bis ich zum Wasser wieder heraus kam.»

Sicher musste diese Sekunde unterm Wasserspiegel für ihn eine Tagesreise gewesen sein.

Am Abend wollte ich natürlich lieber zum Tanzen gehen, als jeden Abend im Hotelzimmer verbringen mit Aufpassen, ob die Buben sicher schlafen. So bat ich meine Tante: «In der Nähe ist ein schönes Dancing. Gerne würde ich hingehen wenn die Buben schlafen.»

Ach wie schön, es wurde mir erlaubt!

Als ich beim Dancing ankam, wurde mir ein Tisch angewiesen. Schon wurde ich von einem sehr zuvorkommenden Herrn zum Tanzen aufgefordert. Er meinte, ich wäre etwas ganz anderes, als die anderen Mädchen, die zum Tanzen kämen. Aber von England her war ich mich schon gewöhnt, alleine zum Tanzen zu gehen. Als es Zeit war schlafen zu gehen, sagte dieser Herr: «Ein Mädchen wie Sie darf nachts auf keinen Fall alleine nach Hause gehen. Es ist besser wenn ich Sie begleite.»

«Ach, ich komme schon gut ins Hotel, es ist ja gleich dort drüben und an der Promenade.»

«Kommt gar nicht in Frage, auch wenn es nur ein paar Meter sind begleite ich Sie zum Hotel, damit Sie von niemandem belästigt werden.»

Beim Hotel angekommen sagte er: «Ich habe das Gefühl, einen Kuss verdient zu haben. Es wäre nicht so nett von Ihnen, einfach so Ade zu sagen und mich stehen zu lassen.»

Ich aber war anderer Meinung. Dann fragte er mich: «Bin ich denn so unsympathisch, oder war ich nicht nett zu Ihnen, oder warum habe ich keinen Kuss verdient? Übrigens heisse ich Giancarlo und Sie können mich jederzeit im Dancing Boncardo finden.»

Da wusste ich auch keine Antwort mehr und drückte ihm schnell einen Kuss auf die Wange und rannte ins Hotel.

Aber als ich im Bett war, da fühlte ich Schmetterlinge in meinem Bauch und ich konnte nicht schlafen. Das Einzige was ich wusste, ich will unbedingt noch einmal Tanzen gehen.

Dancing in Finale Ligure

Drei Tage später bekam ich wieder die Erlaubnis und ging ins Dancing Boncardo. Bereits als ich unter der Türe stand, kam auch schon Giancarlo auf mich zu und bot mir

einen Platz an, aber dann verschwand er wieder. Zwischen durch kam er und tanzte mit mir. Dann aber merkte ich, dass er hier arbeitete. Als ich nach Hause ging begleitete er mich schnell und erklärte: «Leider kann ich dich nur ganz schnell begleiten, weil heute viele Gäste da sind und ich nur für kurze Zeit weg sein darf.»

Einmal als ich mich am Strand abduschte, bemerkte ich, dass mich jemand intensiv anschaute. Es war Giancarlo. Ich genierte mich, dass er mich in der Badehose sah mit meiner weissen Haut. Schnell zog ich mein Kleid über und dann näherte ich mich ihm. Er lachte natürlich über mein Verhalten und tröstete mich, indem er zu mir sagte: «Du bist noch hübscher im Badekleid. Deine helle Haut und dazu hast du so schöne, wackere Beine.»

Klar, das ist halt ein Mann, der es so sieht. Trotzdem tat es mir gut, dieses Kompliment zu hören. Leider verliebte ich mich nach dieser Begegnung noch mehr. Auf sein Flehen versprach ich ihm, am nächsten Abend ins Dancing zu kommen, weil dies ein spezieller Abend sei, an dem solch ein bekannter Sänger wie Fausto Giuliano singen werde.

Als ich ins Dancing kam, war Giancarlo sehr beschäftigt, trotzdem nahm er sich schnell Zeit, um mich an einen ganz guten, reservierten Platz zu führen, wo er zwei Stühle reserviert hatte, der andere Stuhl war für ihn. Mein Herz schlug höher und höher. Während dem Konzert sass Giancarlo neben mir und übersetzte die italienischen Worte ins Englische. Klar waren die Lieder lauter schöne Liebeslieder. Zwei davon kann ich immer noch singen: Il Pullover che mi ha data tu …

Giancarlo verlangte speziell für mich dieses Lied zu singen: Tu sei per me la più bella del mondo, e un amore profondo, mi lega a te. Tu sei per me, una cara bambina, primavera divina, per il mio cuor. O splende il tuo sorriso, sul dolce e tuo bell' viso, i l'occhi tuoi sinceri, mi parlano d'amor. Tu sei per me, la più bella del mondo, e un amore profondo, mi lega a te. Tuto tu sei per me.

Dann war es leider wieder Zeit für mich, ins Hotel zurückzukehren.

Dass Giancarlo mich nur ganz kurz begleiten konnte, war klar und verständlich. Er hatte ja eine grosse Verantwortung mit dem Sänger, damit alles klappte und auch, dass sich Fausto Giuliano wohlfühlte. Dafür versprach mir Giancarlo, sich an

einem anderen Abend hauptsächlich mir zu widmen.

Trotzdem ich eigentlich auf die Kinder aufpassen sollte, erlaubten mir Onkel und Tante nochmals ins Dancing zu gehen. Sie verstanden, dass ich mich in einen anständigen Herrn verliebt hatte. Die Kinder wussten, dass ich erst später ins Bett gehen werde, und konnten ohne weiteres jeden Abend gleich einschlafen. Ich aber war im siebenten Himmel, besonders als ich mit Giancarlo tanzte. Plötzlich nahm er mich bei der Hand und führte mich in die Privaträume. Er stellte mich seiner Mutter vor. Eine sehr nette Geschäftsfrau. Sie wünschte uns einen schönen Abend.

Darauf durfte Giancarlo das Auto nehmen und mich zu einem anderen Dancing führen, welches auf einem Felsvorsprung war, der ins Meer hinausragte. Da oben war es so romantisch. Mitten in einem riesigen Garten konnte ich die grosse Tanzfläche sehen. Auf dieser Tanzfläche schwelgte ich überglücklich tanzend in Giancarlos Armen. Von einem dunklen Winkel aus konnten wir übers nächtliche Meer sehen, welches vom Mond silbrig beleuchtet wurde. Zum ersten Mal hatten wir Gelegenheit, uns zu umarmen und zu küssen. Ich glaubte in diesem Moment, die schönste Nacht meines Lebens zu geniessen. Dann brachte mich Giancarlo wohlbehalten ins Hotel zurück.

Schon waren die Ferien vorbei und ich musste mich leider von Giancarlo verabschieden, in der Hoffnung per Brief in Kontakt zu bleiben. Ob wir uns je wiedersehen werden?

Schaufensterkurs in Luzern

Während den Sommerferien schickten mich meine Eltern an einen Schaufensterkurs nach Luzern. Ich hatte es sehr genossen. Jeden Morgen gab es frisch aufgebackene, warme Gipfelchen. Die schmeckten ausgezeichnet zusammen mit frischer Butter und Konfitüre. Dabei konnten wir zum Fenster hinausschauen und hinunter auf den See sehen.

Ich lernte so viel Verschiedenes, wie man auf einfache Art ein schönes Schaufenster herstellen kann und auch wie man schöne Pakete macht, mit Papierfalten und mit Bändchen dekorieren. Dazu wie man mit verschieden breiten Bändern schöne Maschenrosetten bindet. Trotz dem Lernen von früh bis spät war es für mich wie Ferien.

Ferienreise nach San Remo

Im September war es wieder Zeit für meine Eltern, in die Ferien zu fahren. Weil meine Eltern nun jedes Jahr Betriebsferien machten, konnte ich mit ihnen nach Italien fahren. Da unser Auto für sechs Personen Platz hatte, offerierten meine Eltern meiner Freundin Ruth und ihren Eltern, zusammen die Ferien zu verbringen. Ruths Eltern waren sofort einverstanden, aber Ruth ging lieber auf eigene Faust mit ihrem Freund Whiski. So war ich alleine mit den beiden Ehepaaren und fühlte mich so richtig als fünftes Rad am Wagen.

Papa liebte die Serpentinen der steilabfallenden Gotthardstrasse nicht. Obwohl der Chevrolet sich sehr gut lenken liess, musste man mehrere Male nach rechts herum drehen und dann wieder in die gegengesetzte Richtung. Mir machte dies so richtig Spass, weil es eher sportlich war, deswegen liess Papa mich ans Steuer. Wir wechselten immer wieder den Fahrerplatz. Bereits ging's über den Monte Ceneri nach Lugano und auch bald an den Zoll nach Italien. Danach kamen wir zur italienischen Autobahn, welche über viele Kilometer schnurgerade verläuft. Nun machte es mir richtig Freude, die langen Strassen zu fahren, weil man richtig aufs Gaspedal drücken durfte ohne Geschwindigkeitsbegrenzung.

Bald darauf kamen wir nach Mailand, wo man zu jener Zeit Richtung Dom fahren musste und von dort wieder hinaus Richtung Genua. Im Zentrum von Mailand waren die Strassen dreispurig und die kleinen Topolinos fuhren wie verrückt links und rechts, kreuz und quer, und alle hupten wie wild. Meine Eltern schauten intensiv auf die Wegweiser, damit ich mich auf den verrückten Verkehr konzentrieren konnte. Fragte man jemanden nach der Richtung zum Dom, bekamen wir immer die gleiche Antwort: «Diriz, diriz semper diriz», das ist Dialekt. Mutti verstand glücklicherweise was sie sagten, weil sie ja in der Gegend die Handelsschule besucht hatte. «Semper diriz» heisst: «Immer nur geradeaus.» Aber was hiess da geradeaus, wenn man immer wieder zu einer Strassengabelung fuhr und sich schnell entscheiden sollte?

Nach ein paar Kilometern ausserhalb Mailands begann wieder die Autobahn, was wir damals in der Schweiz noch nicht kannten. Dies war noch das Werk von Mussolini. Nun konnte ich wieder aufs Gas drücken und lossausen, das war herrlich. Nach und nach kamen wir in die Berge mit den zwölf Tunnels. Endlich sah man das tiefblaue Meer und die Stadt Genua. Wir mussten durch die Stadt fahren mit den vielen engen Gassen und bei diesem verrückten Hupverkehr. Weiter führte eine ganz normale Strasse dem Meer entlang Richtung Frankreich. Die Lastwagen waren ein grosses Verkehrshindernis, besonders wenn es bergauf ging fuhren sie nur im Schritttempo. Dafür konnte man die Gegend mit den Agaven am Wegrand und die Hänge voller Nelken betrachten, wie auch die schönen kleinen Dörfer, durch welche wir fuhren.

An dieser Strecke liegt Finale Ligure, wo ich meine Eltern bat, einen Halt einzuschalten, weil ich mich so in Giancarlo verliebt hatte. Auch wollte ich meinen Eltern Giancarlo und seine Eltern vorstellen. Bei dieser Gelegenheit konnte ich mit Giancarlo ein Rendezvous in Alassio ausmachen. Dann ging unsere Reise weiter bis zum Hotel in Arma di Taggia.

Begegnung

Damals gab es nur ein einziges gutrenommiertes Hotel in Arma di Taggia, wo wir abstiegen. Vor dem Schlafen spazierten wir noch dem Meer entlang, um die Meeresluft so richtig zu geniessen. Vom Luftzug im Auto bekam ich Halsschmerzen und brauchte irgendeinen desinfizierenden Drink, bevor ich mich ins Bett legte. Also ging ich in die Bar, wo junge Italiener sich unterhielten. Die Burschen merkten sofort, wie ich mich bemühte, um auf Italienisch zu erklären, was ich für meinen Hals möchte, darum wollten alle behilflich sein. Mit meinem spärlichen Italienisch probierte ich es ihnen zu erklären. Einer bemühte sich sehr mit noch etwas Französisch und bestellte für mich heisses Zitronenwasser aus frischgepresster Zitrone und mit etwas Honig. Der Drink war sehr heiss, schmeckte aber gut.

Am folgenden Tag war ich schon bekannt im Dorf und man rief mir zu: «Ciao Lea!» Einer kam an den Strand und wollte mich unbedingt zu einem Aperitif einladen. Es war der lustige Bursche vom vorherigen Abend. Schliesslich liess ich mich überreden und er bestellte für mich einen Martini mit Mineralwasser. Von nun an kam er jeden Morgen, und manchmal in Begleitung von seinen Kollegen, die er mir vorstellte und ihnen erklärte: «Das ist keine ‹Straniera› sie heisst Lea.»

So lernte ich eine Menge junger Leute kennen. Aber weil ich etwas Italienisch verstand, sprach er plötzlich viel zu schnell.

Dario, so hiess dieser lustige Bursche. Er zeigte mir kleine Pfade die zum Berg hinaufführten, von wo aus man übers Meer sehen und die tolle Aussicht geniessen konnte.

Bei fast jedem Capo welches ins Meer hinausragt, trifft man alte Festungsruinen, auf welche mich Dario aufmerksam machte. Zwischen Arma di Taggia und San Remo gibt es einen Moränenhügel, auf dem die kleine Kirche Madonna di Lampedusa steht. Rund um die Kirche und beidseitig an der Zufahrtstrasse, welche entlang der Krete führt, stehen Pinienbäume. Es ist wirklich zauberhaft, besonders bei der Abendsonne, wenn man zu der Silhouette der Kirche, welche inmitten der Bäume steht, hinaufschaut.

Dario studierte immer noch in Rom und trotzdem hatte er bereits zwei Autos, ein kleines fürs Feld und einen Volvo, um nach Rom hin- und herzufahren. Damit führte er mich in der ganzen Gegend herum. Dank ihm lernte ich viele schöne Dörfer kennen. Wir hatten es immer sehr lustig zusammen. Er zeigte mir auch ein ganz besonderes Dorf, welches bei einem Erdbeben 1887 stark beschädigt wurde, und deswegen nun ganz verlassen da oben am Hügel steht. Ein richtiges Geisterdorf, Bussana Vecchia. Alle Häuser waren nur Ruinen. Aber das war aufregend so ein Dorf anzusehen. Immer noch kann man sich vorstellen, wie die Leute damals wohnten. Ich ging ganz begeistert durch die Gässchen, mit teilweise links und rechts Arkadenbögen. Vermutlich waren dahinter einst kleine Läden. Mir machte es Spass, Treppe auf, Treppe ab, und unter verschiedenen Bögen hindurchzugehen, welche von einer Gassenseite zur andern führten. Dann zur Kirche hinauf, um das Dorf von oben anzuschauen, wo zwischen den Steinen wildwachsende Blumen blühten, und über die Dächer hinaus konnte ich auf das offene blaue Meer hinuntersehen. Einfach toll und aufregend!

Ich wollte gar nicht mehr zurück, denn es gab so viele schöne Winkel, die ich noch sehen wollte. Aber das Nachtessen wartete und meine Eltern durfte ich nicht beleidigen. Zudem konnte ich nun meinen Eltern sehr viel erzählen. Zum Glück versprach mir Dario, er werde nochmals mit mir nach Bussana Vecchia hinauffahren.

Nach dem Nachtessen wollte Dario mir Bordighera an der französischen Grenze zeigen. Auf dem Heimweg hielt er plötzlich an und wollte mich küssen. Ich hielt den Finger hoch und sagte: «Pazzi! Pazzi!», so wie man Kleinkinder warnt mit «Mai, Mai!»

Dario war entrüstet und meinte: «Ich ein Tollpatsch oder ein Irrer? Das kann doch nicht sein, höchstens ein Schlauer, der ein Mädchen küssen möchte.»

Auf diese Art hatte er es mir erklärt. Danach entschuldigte ich mich, trotzdem wollte ich ihn auf keinen Fall küssen.

Einladungen an Studentenfeste

Wieder zu Hause. Ruth hatte viel mehr Chancen bei den Burschen als ich. Deshalb fühlte ich mich eher wie ein Mauerblümchen. Klar, sie war auch die Hübschere. Trotzdem, ich konnte besser tanzen und so hatte ich auch meine Verehrer.

Es gibt verschiedene Studentenverbindungen, in denen neben dem Studium auch andere Aktivitäten ausgeübt werden wie Turnen, Fechten, Singen, oder die Katholischen, auch die Abstinenten etc. Dazu gibt es auch andere Veranstaltungen,

an die Mädchen eingeladen werden, wie z. B. Couleur-Ball, Couleur-Abende, oder Besenbummel.

Für diese Tage musste jeder Student ein Mädchen suchen, wobei die Kollegen behilflich waren. Ein- bis zweimal pro Woche war der Verbindungs-Abend, wo auch ziemlich viel Bier vergossen wurde, wenn es nicht gerade die Alkoholfreie Verbindung war. Hatte ein Student ein Mädchen in Aussicht, versammelte sich die ganze Verbindung um Mitternacht vor dem Haus des Mädchens, und Schlag Zwölf wurde ein Ständchen gesungen. Es war üblich, dass das Mädchen aufstand und für die ganze Clique Kaffee zubereitete. Wenn Papa es hörte, stand er manchmal auch auf und brachte etwas aus der Konditorei. Das war dann etwas ganz Besonderes. Dies half auch, dass ich öfters eingeladen wurde.

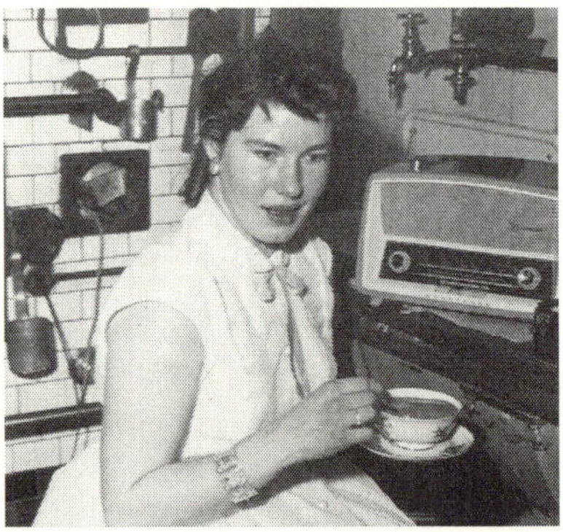

Im Winter kamen die Studenten besonders gerne zu mir, weil wir in die warme Backstube sitzen konnten. Ja, manchmal holte ich meine Handharmonika hervor und dann sangen wir viele schöne Lieder. Das konnten wir ohne weiteres, weil nur mein Zimmer über der Backstube war und sonst störten wir niemanden dabei. Das war eine herrliche Zeit

Kunsteisbahn und Jack Gerschwiler

Während ich in England war, wurde in Winterthur eine Kunsteisbahn gebaut. Weil man nun den ganzen Winter Schlittschuhlaufen konnte, kaufte ich mir gleich eine Saisonkarte. Dazu war ich nun erwachsen und durfte endlich auch abends die Unterrichts-Stunden besuchen.

Jack Gerschwiler war unser Trainer, der weltbekannte Sportler. Er trainierte sehr viele Weltmeisterinnen, wie damals die bekannte Janette Altweg. Er war derjenige, der die Eislauftechnik in einem Buch festhielt, was später sogenannte «Besserwisser» nachmachten. Jack Gerschwiler war in meiner Heimat in Winterthur aufgewachsen. Deswegen hatten wir das grosse Glück, solch einen phänomenalen Herrn auf unsere Eisbahn zu bekommen. Jack Gerschwiler unterrichtete uns auch im Eistanzen. Diese Art von Eislaufen sagt mir am meisten zu. Auch gründete Jack Gerschwiler für uns den Eislauf-Club, um somit günstiger den Eistanz zu lernen und das Eisfeld für den Club zu reservieren.

Mit meinem wenigen ersparten Geld konnte ich mir den Eislauf-Club leisten. Ich schaute, dass mir keine einzige Eislaufstunde entging. Jack Gerschwiler, den wir einfach Gersch nannten, unterrichtete sehr deutlich und machte alles logisch, indem er uns die Technik über die Physik erklärte.

Als wir schon etliche Schritte konnten, musste jeder einen Partner suchen. Klar, die wenigen hübschen und guten Herren waren gleich geschnappt. Ich war zu stolz, um Männer zu fragen und so blieb für mich ein eher scheuer und schlechter Eisläufer übrig. Trotzdem war es ein Glück, weil er mir sehr treu war und regelmässig zum Training kam. Damit wurde er auch ein besserer Läufer und war total auf mich abgestimmt. Ja es kam soweit, dass wir eingeladen wurden, um während der Hockey-Pause einen Show-Tanz zu laufen.

Weil es umständlich war mit dem Bus zum Eisfeld zu fahren, fuhr ich bei allem Wetter mit dem Fahrrad und zog einfach einen alten Mantel an. Im Frühjahr, als Papa das eingewinterte Auto wieder eingelöst hatte, sagte er an einem Sonntagmorgen: «Heute kannst du das Auto nehmen, dann bist du auch am Mittag schneller zu Hause.»

Als ich nun beim Eisplatz das Auto parkierte, schaute mir der Club-Präsident zu und wartete bis ich ausstieg. Ich erschrak, wie er mich plötzlich begrüsste, als wäre ich Jemand, eine ganz Besondere, wo er mich sonst immer so von oben herab behandelte. Er fragte mich: «Wem gehört das Auto? Ist dein Papa so reich, dass er sich so ein grosses amerikanisches Auto leisten kann?»

Nun konnte ich sein Benehmen verstehen.

Wenn mancher Mann wüsste, wer mancher Mann wär,
tät mancher Mann manchem Mann vielmal mehr Ehr.

Ich war immer noch so scheu, ja ich wurde sogar rot, wenn ich jemanden begrüssen musste, den ich nicht kannte. (Also, nicht so wie hinter dem Ladentisch, wo ich geübt war.) Da wir an verschiedenen Orten zum Show-Tanz auftraten, musste ich auch alle fremden Leute begrüssen und nach links und rechts Auskunft geben. Nach und nach lernte ich auch diese Art und konnte mich freier bewegen, ohne immer rot zu werden.

Ganz besonders Interesse hatte ich an der Eislauf-Technik. Dies fiel Gersch auf, denn er war zufrieden mit mir und fragte mich, ob ich ihm helfen könnte, zweimal am Morgen den Kindergarten zu unterrichten, wie auch am Mittwochnachmittag eine Gruppe Schüler zu übernehmen. Das machte ich natürlich gerne, aber ob meine Eltern mir frei gaben dafür, wusste ich nicht. Tatsächlich bekam ich zuhause die Erlaubnis.

Im Jahr 1957 bekam ich eine Einladung für die RAIDG (Réunion de Amateur International de Danse sur Glace) in Mürren in den Schweizeralpen. Ich wunderte mich und fragte im Club, ob jemand wisse was das sei. Zwei Männer lachten und erklärten: «Ja das sind lauter Anfänger, die da Ferien machen. Das ist nichts für eine gut Läuferin wie dich.»

Fastnacht 1958

Für den Maskenball nähte ich mir ein Kostüm und einen Hut dazu. Papa hatte noch einen alten Filzhut, bei dem ich den Rand wegschnitt und ihn umkehrte, sodass ein Damenhut entstehen konnte. Diesen überzog ich, indem ich den Stoff zusammenraffte und an verschiedenen Stellen annähte. Zum Schluss legte ich einen Schleier über den Hut, welcher bis übers Gesicht hinunterreichte und den ich hinten zu einer Art Masche zusammennähte.

Das Kostüm nannte ich «Maske in Blau». Leider fand ich dazu keine blaue passende Maske nur eine halbe Federmaske in schwarz.

Voller Stolz ging ich nun an den vornehmsten Maskenball in Winterthur, wo man nur mit Maske oder im Galakleid eintreten konnte. In meinem Kostüm und hinter der Maske fühlte ich mich sehr wohl. Ich spielte Operette und machte Marika Rökk nach. Ja, die österreichische Sprache hatte ich auch gelernt durch Lore, das Rote-Kreuz-Mädchen, das bei uns dreimal drei Monate gewohnt hatte. Zudem arbeiteten mehrere österreichische Angestellte bei uns. Auch kannte ich sehr viele Operetten-Lieder. All das konnte ich nun anwenden und mich als Ungarin präsentieren, die an der österreichischen Grenze wohnte und deshalb Deutsch sprechen konnte. Zu meiner Überraschung machten mir die Leute Komplimente, indem sie mir sagten: «Man merkt schon, dass Sie Österreicherin sind, denn Schweizerinnen haben leider nicht so einen Charme.»

Dies schmeichelte mir sehr.

Zu meinem Erstaunen erhielt ich den ersten Preis. So einen Erfolg hätte ich mir nie träumen lassen. Jetzt war ich noch begehrter bei den Herren, nur leider musste ich mein Gesicht zeigen, was mich etwas genierte und ich eher wieder die scheue Lea war.

Beim Fastnachts-Schaulaufen

Hingegen war ich speziell von einem jungen Herrn beeindruckt. Er war eher ein Ruhiger, trotzdem machte er mir den Hof und zeichnete mich, auf die Rückseite eines blau-grünen Zigaretten-Schächtelchens. Ich erschrak, als er mir seinen Namen sagte. Ich fragte ihn: «Sind Sie Hannes Keller, der im Technikum Winterthur Unterricht erteilt?»

«Ja, warum?»

«Ich hatte schon viel von Ihnen gehört, die Mutter meiner Freundin ist Sekretärin im Tech und ich kenne einige Studenten, die vom Professor Frauenfelder und auch von einem jungen Lehrer Hannes Keller allerhand erzählten.»

Nun stand ich vor diesem Mann, Hannes Keller, von dem man so viel erzählte, aber was ist nun wirklich die Wahrheit? Ich wusste nur das Eine, mir machte er grossen Eindruck. Er war charmant und höflich und nicht so aufdringlich wie die andern Männer, dazu tanzte ich sehr gerne mit ihm. Deswegen, als der Ball zu Ende war, liess ich mich gerne und gerade von ihm nach Hause begleiten. Leider, als wir bei mir zuhause angelangt waren, wollte er mir einen Kuss geben und da rutschte meine Hand aus. Trotzdem fragte er sehr höflich, ob er mich wieder sehen und wann er mich abholen dürfe. Natürlich war ich einverstanden und sehr glücklich verabschiedeten wir uns.

Freundschaft mit Hannes

Wir genossen eine gute Freundschaft. Hannes zählte 24 und ich 22 Jahre. Ich machte mir Gedanken wie unsere Zukunft aussehen könnte, denn ich fühlte mich sehr wohl in seiner Gegenwart.

Eines Tages lud mich Hannes zum Nachtessen bei seinen Eltern ein, um mich ihnen vorzustellen. Nach dem Essen zeigte Hannes mir sein Arbeitszimmer. Er setzte Musik auf und holte verschiedene Ordner und Alben hervor, um mir zu zeigen, was er schon alles geleistet hatte. Er zeigte mir Fotos von der Tonne, mit der er den Tauchrekord gemacht hatte im Lago Maggiore, bei Brissago, an der Grenze Schweiz-Italien. Es war äusserst interessant, besonders weil er es mir gut verständlich erklären konnte. Ich musste nur staunen, was dieser sehr junge Mann bereits geleistet hatte. Langsam wurde es Zeit, um mich zu verabschieden. Hannes begleitete mich nach Hause. Vor der

Haustüre nahm er seine braune Hornbrille ab, sodass er mir noch besser gefiel mit seinen schönen Augen. Er küsste mich und ich versank in seinen mich umarmenden Armen.

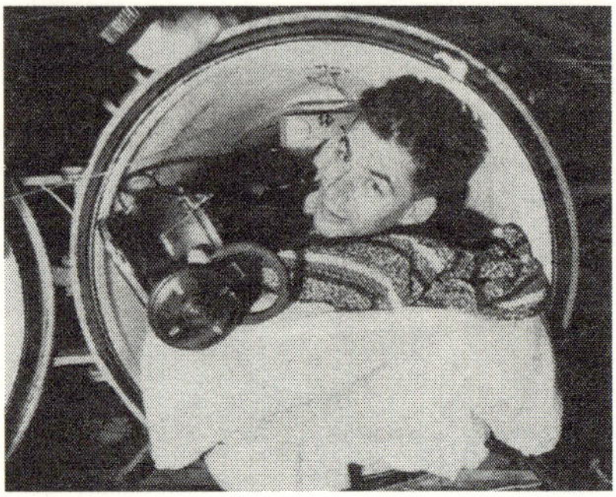

Überglücklich schlief ich ein, aber diese Bilder verfolgten mich im Traum. Ich träumte, ich wäre verheiratet und wir hätten zwei Kinder, einen Bub und ein Mädchen. In Brissago wartete ich mit meinen beiden kleinen Kindern, die etwa zwei und drei Jahre alt waren. Ich hielt sie fest, eines links und das andere rechts an der Hand. Nun tauchte Hannes' Tauchtonne auf. Die Männer öffneten den Deckel und Hannes blieb total erschöpft drinnen. Aber da sagte einer der Männer: «Er ist tot, er ist wirklich tot!»

Was für ein Schrecken! Ich erwachte und es schauderte mich fürchterlich. Ich fragte mich: ist dies ein Zeichen, würde dies passieren, wenn ich ihn heirate? Wir beide sind sehr religiös und sehr ernsthaft, wir würden doch fantastisch zusammenpassen, aber eine junge Witwe werden und zwei kleine Kinder ohne Vater – nein dies würde ich nicht verkraften. Hannes darf ich aber nichts erzählen von meinem Traum.

Jedoch musste ich es meinen Eltern sagen: «Wenn ich mit Hannes zusammen war, sah ich nur, wie er tot in der Tauchtonne lag und so konnte ich unmöglich weiter mit ihm zusammen sein.»

Meine Eltern liessen mich alleine entscheiden, aber sie waren auch sehr traurig darüber.

Meine Mutti blieb natürlich immer aufmerksam auf alles Neue, was von Hannes publiziert wurde und informierte mich jeweils. Jedes Mal, wenn Mutti mit etwas Neuem kam, gab es mir einen Stich ins Herz. Jedes Mal sah ich dieses so deutliche Bild aus meinem Traum. Hannes sass leblos in seiner Druckkabine. Den Kopf nach vorne hinunterhängend, mit seinen dunkelblonden zerzausten Haaren. Dieses Bild ging mir nicht mehr aus meinem Kopf. Ich fürchtete so um Hannes und wünschte einfach, dass so etwas nie passieren werde. Es wäre mir lieber gewesen, ich würde sterben. Aber ich durfte so etwas keinem Menschen sagen.

Mutti gab ich zu verstehen, dass sie mich damit in Ruhe lassen solle. Ich versuchte diese grosse Angst zu vergessen. Mutti hatte es verstanden, deswegen schnitt sie die Artikel und Fotos aus und legte diese einfach auf den Tisch.

Viel später, im Jahr 1962, tauchte Hannes bei Catalina Island USA auf 300 m Tiefe. Damit erreichte er den neuen Weltrekord. Der Tages-Anzeiger publizierte es, aber auch mit der Todesanzeige von Hannes Keller. Zum Glück verschonte Mutti mich, mit dieser traurigen Nachricht. Oder sie wusste nichts davon, weil wir im 1961 an den Bodensee umgezogen waren.

Was ich aber erst viele, viele Jahre später aus dem Internet erfuhr: Zwei von den vielen Helfern starben, Hannes überlebte.

Nun überlegte ich. Im Traum hatten wir ein zweijähriges Mädchen und einen dreijährigen Bub. 1962 waren es gut drei Jahre nach meinem Traum. Deuteten die beiden Kinder diesen Zeitpunkt an?

Gott sei Dank! Mutti hatte mich von dieser Dramatik verschont!

Partys bei Freunden

Anne Marie wohnte nur fünf Minuten weg von uns. Wir hatten es immer lustig und konnten uns abends bei Gelegenheit schnell sehen. Ihr Vater war schon längst verstorben und ihre Mutter erlaubte uns, hie und da eine Party zu veranstalten. Für gute Unterhaltung gab jeder sein Bestes.

Ich hatte eine Idee, aber nur auf seriöse Art. Damals in Lausanne, als ich mit Ruth, ihrem Freud Grill und Bruder Pic im Ausgang war, sahen wir einen Striptease. Für mich war es der volle Horror. Ich hatte mich an Pics Ärmel festgeklammert und fing an zu schreien: «Aufhören, aufhören.»

Pic schämte sich wegen mir und die anderen lachten nur. Dann erklärte mir Pic: «Lea, das ist ein normales Nachtlokal, wo es solche Attraktionen gibt, benimmt dich wie eine Erwachsene.»

Jedoch schämte ich mich für diese Frau. Nun an der Party kam mir dies wieder in den Sinn. Ich ging hinaus in die Garderobe und zog von jedem ein Kleidungsstück an. Dann ging ich wieder hinein und sang wie Zarah Leander mit tiefer Stimme und machte Striptease, bis ich wieder mit meinem eigenen Kleid dastand. Die Herren waren aber gar nicht einverstanden und wollten, dass ich mehr ausziehe. Jedoch wurden sie zum Schluss einig, dass ich mich wenigstens bis zum Unterrock ausziehen sollte. Ich versprach ihnen, ich würde das nächste Mal noch das Kleid ausziehen, aber mit einem Hintergedanken.

Es wurde ein nächstes Mal. Diesmal zog ich mein Kleid auch aus, aber vorher hatte ich darunter noch ein Partykleid angezogen. Nun waren die Herren sehr enttäuscht und wurden sogar wütend. Ich hingegen erklärte ihnen, dass ich ihnen nur einen Spass zeigen wollte und sie müssten mich respektieren, so wie ich bin. Dies leuchtet ihnen schliesslich ein.

San Remo und Anne Marie

Ein Jahr später fuhr ich zum zweiten Mal mit meinen Eltern in die Ferien nach Arma di Taggia bei San Remo. Dieses Jahr kam ein anderes befreundetes Ehepaar meiner Eltern mit. Damit ich mir nicht so blöd vorkam, alleine mit den beiden Ehepaaren zu sein, durfte ich meine Freundin Anne Marie mitnehmen.

Wieder war ich die Chauffeuse. Diesmal kannte ich die Route schon ziemlich gut und auch die Fahrtechnik der hupenden Italiener. Von Genua führt eine enge Strasse dem Meer entlang bis Frankreich und weiter. In Finale Ligure schalteten wir für mich wieder einen Halt ein. Weil ich mich vor einem Jahr so sehr in Giancarlo verliebte, war es für meine Eltern schon selbstverständlich nicht einfach vorbeizufahren. So konnte ich wieder Giancarlo treffen und mit ihm vereinbaren, uns bald auf halbem Weg in Alassio zu sehen. Dann ging unsere Reise weiter nach Arma di Taggia. An den Tagen, wo ich mit Giancarlo zusammenkam, musste Anne Marie leider mit den beiden Ehepaaren zurückbleiben. Sie nahm dies in Kauf.

Angekommen im Hotel packten wir unsere Koffer aus, machten uns frisch zum Nachtessen, und dann ging es noch für einen Spaziergang hinaus dem Meer entlang. Anne Marie und ich hatten Durst von der langen Reise und dieser Hitze. So kehrten wir in der Bar nebenan ein. Als ich an der Theke auf unseren Drink wartete, da stand plötzlich ein Mann vor

mir und grinste mich an. Ich wurde wütend, was sich dieser freche Kerl erlaubte, doch dann sagte er: «Lea, kennst du mich nicht?»

«Ach, du bist es Dario!»

Wir beide umarmten uns und lachten. Ich stellte ihm meine Freundin vor und somit wurde es etwas später mit Schlafengehen.

Am andern Tag waren wir am Strand. Zum ersten Mal zog ich meinen Bikini an, aber nur, weil es dazu die passende Jacke gab. Anne Marie und ich sonnten uns in den Liegestühlen, plötzlich sagte Anne Marie: «Ich habe Dario gesehen, er kommt.»

Schnell zog ich die Jacke an und hoffte, dass Dario mich nicht im Bikini gesehen hatte. Anne Marie aber lachte mich aus und extra noch mehr, als Dario schon da stand. Glücklicherweise fragte er nicht, warum meine Freundin es so lustig habe.

Klar kam Dario öfters an den Strand um mich zu besuchen, aber er wäre lieber ohne Anne Marie gewesen. Trotzdem führte er uns beide öfters aus, nachmittags und abends. Natürlich zeigten wir Anne Marie Bussana Vecchia, das erdbebenverschüttete Dorf. Auch Anne Marie war total begeistert und konnte es kaum fassen, dass so etwas existierte.

Zwischendurch traf ich mich ein paar Mal mit Giancarlo auf halbem Weg in Alassio. Einmal nahm ich mein Poly-Büchlein mit, damit Giancarlo mir einen Spruch hineinschreibe. Wir hatten keinen Kugelschreiber bei uns, deswegen schrieb Giancarlo mit meinem Lippenstift einen Spruch von Dante Alighieri hinein.

«Amor che a nullo amato, amor perdona!»

Giancarlo hatte leider das Gefühl, wenn ich wieder zu Hause sei, würde ich mich mit einem andern Liebhaber tummeln. Hingegen wusste seine Mutter, dass unsere Liebe sehr ernst war.

Papas Fische

Papas Sport war Fischen, hingegen Fisch zu essen machte ihm keinen Spass. Doch Mutti liebte Fisch und deshalb bestellte sie im Restaurant meistens Fisch. Also freute Papa sich, für Mutti ein paar Fische heimzubringen. Mutti, als ehemalige Köchin, verstand natürlich den Fisch zu filetieren und wusste dies auch schmackhaft auf den Tisch zu bringen. Doch Papa und ich wollten lieber etwas anderes essen.

Eines Tages kam Papa mit vielen grossen Fischen nach Hause. Er war sehr stolz auf seine Beute, welche für uns alle mitsamt den Angestellten genügte. Papa war voller Freude und entschlossen, auch Fischfilet zu essen.

Das Mädchen hatte gerade frei und Mutti kochte für uns alle. Aus der Küche kam ein herrlicher Duft. Wir setzten uns an den Tisch, gespannt auf diesen Schmaus. Alle freuten sich auf diese Abwechslung und dementsprechend war Papa begeistert.

Ich setzte mich unten am Tisch hin vis-à-vis von Papa und sah, wie er mit der Gabel und dem umgedrehten Messer für Fisch komisch herumstocherte und sich zwang, von diesem Zeug zu essen. Ich fragte: «Papa, du magst den Fisch auch nicht so?»

«Doch, doch der Fisch ist wunderbar und gut.»

Dann schaute er nochmals enttäuscht in den Teller, nahm den Fisch plötzlich in die Hand und warf mir diesen an den Kopf. Geistesgegenwärtig duckte ich mich und so zerschmetterte der Fisch hinter mir an der Wand, wo er peu à peu hinunterrutschte. Alle lachten aus Herzenslust. Papa war aber wütend und enttäuscht.

Anneli

Nach einem Jahr ging es wieder in die Ferien nach Italien. Papas Freund fragte, ob wir seine Tochter Anneli mitnehmen könnten. Papa hatte nichts dagegen, da Anneli zwei Jahre jünger ist als ich, könnten wir uns gegenseitig Gesellschaft leisten.

Dieses Mal ging es mit Anneli nach San Remo. Wieder war ich Chauffeuse und ich kannte die Route schon ziemlich gut und auch die ständig hupenden Italiener. Die Autobahn nach Genua und die enge Strasse dem Meer entlang, wo wir wieder in Finale Ligure einen Halt einschalteten. Giancarlo und seine Mutter warteten bereits auf uns. Ich war ganz nervös, denn nun wusste ich genau, das ist der Mann den ich heiraten werde. Selbstverständlich waren unsere Treffen wieder in Alassio, wo jeder den halben Weg fahren musste. Danach ging unsere Reise wieder weiter nach Arma di Taggia.

Im Hotel gab es eine riesige Begrüssung, da wir nun bereits Stammgäste geworden waren. Dann zeigte ich Anneli unser Zimmer. Schnell packten wir unsere Koffer aus und machten uns frisch fürs Nachtessen. Für Anneli war alles so neu, sie war total begeistert von der Reise und das erste Mal in Italien und an dem blauen Meer. Doch ungewohnt waren für sie diese Wärme und schliesslich das italienische Nachtessen. Nach dem Essen spazierten wir an der Strandpromenade entlang, zusammen mit meinen Eltern und deren Freunden. Wir waren alle ziemlich müde vom frühen Aufstehen und der langen Reise und deshalb kehrten wir wieder zurück ins Hotel.

Unser Zimmer war hinten hinaus zur Gasse, wo die Einheimischen sich bei Musik und Gesang amüsierten. Bei diesem Lärm konnten wir nicht schlafen und wir waren auch viel zu aufgeregt von den Tagesereignissen. Anneli schaute zum Fenster hinaus und sagte: «Schau da sieht man direkt in die Keller-Bar hinein.»

«Das ist ja eine ganz neue Bar. Im vorherigen Jahr war da nur ein Keller.»

Die Barbeleuchtung war natürlich rot und an den Wänden hingen Fischernetze mit Seesterne. Auch waren so alte Laternen aufgehängt und sonst noch diverse Dinge.

Plötzlich riefen zwei Burschen: «Ciao Lea, vieni giù»

Es war natürlich Dario mit seinem Cousin Ino. Nein, das war nun doch zu spät, um uns wieder anzuziehen, zudem verstand Anneli kein Wort Italienisch. Aber ich versprach Dario, ich würde am folgenden Abend zusammen mit Anneli auf ihn warten.

Dario stand bereits vor dem Hotel, als wir noch am Nachtessen waren. Dann führte er uns zwei Mädchen aus. Aber es passte ihm nicht so, weil man Männern mit zwei Frauen nachsagt: «Un Uomo, tra due Dame, fa la faccia de un salame.»

Deshalb versprach er, morgen mit einem Freund zu kommen der Französisch spricht, damit Anneli sich auch unterhalten könne.

Jeden Abend gingen wir vier irgendwo hin. Trotzdem Anneli das Französisch mit Höchstauszeichnung abgeschlossen hatte, musste ich ständig helfen, zu übersetzen. Ich aber war eine Niete im Französisch, nur in England war ich immer mit den Franzosen zusammen, deswegen war meine Aussprache besser als nur ein gutes Schulfranzösisch.

Eine nette Dame sass am Tisch nebenan im Esssaal. Als ich Anneli etwas Italienisches erklären wollte, kam die Dame am Nebentisch zu Hilfe. Sie war auch Schweizerin, aber aus Lugano. Ihr Name war Signorina Marchesini. Diesen Namen hörte Mutti und sagte, sie hätte in Lugano die Handelsschule besucht und die Handarbeitslehrerin hiess auch Marchesini. Daraufhin sagte die Dame: «Ich bin diese Lehrerin und Sie waren bei mir in der Handarbeit.»

Das war eine freudige Begegnung. Nun konnten die beiden Damen ihre Erinnerungen austauschen.

Anneli und ich hatten die Signorina Marchesini natürlich auch am Strand getroffen und ich konnte sie im Bild festhalten.

Eislauf unterrichten

Bereits fing die Eislaufsaison wieder an. Karlheinz und ich übten heftig unsere Tanzschritte. Wieder erteilte Jack Gerschwiler Unterricht im Kunstlaufen und Eistanzen. Wieder fragte mich Gersch, ob ich ihm helfen könnte, wie in der vorherigen Saison. Klar machte ich dies gerne. Er erklärte mir, dass ich für drei erteilte Stunden eine Privatstunde bei ihm bekomme. Für mich war das ganz toll, denn so konnte ich sehr viel lernen. Einerseits, indem ich Unterricht erteilte und weil mir Gersch erklärte, was und wie ich unterrichten solle. Anderseits erhielt ich dazu noch viele Privatstunden. Weil Gersch mit mir zufrieden war, bekam ich auch einzelne Privatschüler.

Karin Iten, die einmal Weltmeisterin im Kunstlaufen geworden war, lernte bei mir die Pirouette. Ich selber konnte die Pirouette nur wenig drehen, aber ich konnte die Technik in Zeitlupe erklären und zeigen, so wie ich es bei Gersch gelernt hatte.

Giancarlo in Winterthur

Es war November und schon ziemlich kalt, als ganz unerwartet Giancarlo telefonierte und zwar von Zürich aus. Er sei mit ein paar Studienkollegen unterwegs nach Deutschland und würde mich gerne besuchen. Ich war ganz aus dem Häuschen, das konnte ich mir nie träumen lassen. Klar erlaubten meine Eltern, die Arbeit niederzulegen und mich schön zu machen für das Rendezvous.

Bald stand Giancarlo da und brachte mir ein Geschenk, diesen Hund, den ich Gianci nenne. Dann fuhren wir mit seinem Auto an den Rheinfall. Ich war ja so nervös wegen dieser grossen Überraschung und wusste gar nicht wie ich mich benehmen sollte. Mein ganzer Körper war voller Schmetterlinge. Ich war überglücklich über seine Anwesenheit.

Bei dem stark rauschendem Wasserfall fragte mich Giancarlo: «Hast du Freunde, mit denen du ausgehst?»

«Klar, ich werde oft an Studentenfeste eingeladen, aber wieso?»

Er begann mir zu erzählen: «Lea, ich bin mit einem gleichaltrigen Mädchen aufgewachsen. Als sie 18 Jahre alt war, hat sie sich verliebt und ist mit einem Mann weggezogen. Bald darauf kam sie weinend zurück und ich tröstete sie, indem ich ihr aus lauter Mitleid versprach, sie später einmal zu heiraten. Aber nun lernte ich dich, Lea, kennen und möchte lieber dich heiraten. Leider ist es schon ein Problem, denn dieses Mädchen hat keine Eltern mehr und ist bei ihrer Tante aufgewachsen. Sie würde sich das Leben nehmen, wenn ich sie verlassen würde. Dazu muss ich noch zwei Jahre weiter studieren.»

Ich war sehr traurig und doch froh, dass Giancarlo ehrlich war und mir dies erzählte. Das Einzige was ich hoffte: dieses

Mädchen könnte sich mit der Zeit wieder in einen andern Mann verlieben.

Am Abend gingen wir Tanzen, das war unsere Lieblingsbeschäftigung. Mitten in der Woche Tanzen gehen kann man nur in Zürich, dort gab es ein Dancing, von welchem ich wusste, das Odeon am Bellevue-Platz. Aber als wir da waren, gab es leider nach kurzer Zeit schon eine Pause. Am Abend fand eine Vorführung statt. Giancarlo war entsetzt, dass ich ihn in ein solches Lokal geführt hatte. Denn leider wusste ich nicht, dass es am Abend ein Striptease-Lokal war. Giancarlo drehte sich und hielt die Hand neben die Augen, damit er nichts sah von diesem Striptease und sagte vorwurfsvoll: «Was für eine bist denn du, dass du nur dieses Lokal kennst?»

Ich musste Giancarlo ausführlich erklären: «Ich hatte ja gar keine Ahnung, dass hier Striptease vorgeführt wird. So etwas habe ich erst einmal gesehen und bin damals in richtige Panik geraten. Ich konnte nicht verstehen, dass eine Frau im Stande ist, so etwas zu tun. Ganz sicher hätte ich doch viel lieber getanzt, als so Obszönes anzusehen. Das Odeon kenne ich nur von meinen Eltern her, die mich manchmal am Sonntagnachmittag zum Tee-Dancing mitgenommen haben, was für mich das Schönste war.»

Giancarlo war einfach empört und wollte es nicht glauben. Aber was sollte ich denn machen? Ich wurde ganz traurig und schliesslich war der Spektakel zu Ende. Nach der Vorführung tanzten wir noch ein wenig und dann brachte mich Giancarlo schon wieder nach Winterthur, weil er am andern Morgen früh aufstehen musste, um mit seinen Kollegen weiterzufahren. Ich blieb irgendwie enttäuscht zurück.

Fastnacht 1961

Wieder war Fastnacht, wo ich einfach nochmals mit meinem Kostüm «Maske in Blau» an den Ball ging. Wieder wurde ich von vielen Herren umstürmt. Einer war darunter, den ich bereits kannte. Genau dieser hochnäsige, den ich vom Brotaustragen kannte und der deswegen manche blöde Bemerkung fallen liess, sodass ich es hören konnte.

Da ich überall in unserem Geschäft Hand anlegen musste, führte ich zu den naheliegenden Kunden Bäckereisachen aus per Velo. Zum Fahrradfahren zog ich wegen der schwarzen Kettenschmiere und dem verschmutzten Strassenschnee einen alten Mantel an. Deswegen fiel mir kein Stein aus der Krone und ich wurde bei unseren Kunden trotzdem als die Tochter des Hauses angesehen. Nur dieser junge Mann fühlte sich sogar zu nobel, um mich auch nur zu grüssen, ja, ich hörte sogar blöde Bemerkungen.

Durchs Eislaufen hatte ich nun ein selbstbewussteres Auftreten und als «Maske in Blau» für den Masken-Ball gekleidet, imponierte ich vielen Herren. Nun bemühte sich auch ausgerechnet dieser junge Mann für mich. Ja, er glaubte sogar, er wäre der einzig Richtige. Weil ich ihn schon seit einigen Jahren kannte, zeigte ich ihm wie sehr er sich getäuscht hatte und liess ihn einmal so richtig zappeln. Schlussendlich, als die Demaskierung vorbei war, stellte ich mich als jenes kleine Ausläufer-Mädchen vor, welches er nun nach Hause führen dürfe. Auf dem Weg hatte ich die Gelegenheit, mich endlich als Lea vorzustellen.

Ja, wenn mancher Mann wüsste, wer mancher Mann wär, …

Schlussendlich entschuldigte sich mein Begleiter und war stolz, mich wirklich kennengelernt zu haben. Er verehrte mich und dichtete sogar für mich folgenden Spruch:

Verborgen unter der Maske das Gesicht,
ja, ja, so kennen einem die Leute nicht,
und denken: Hast du mich bisher nicht gegrüsst,
wird nun dafür sehr hart gebüsst.
Ja, ja, Du nette Maske in Blau,
Du stelltest Dich mir gegenüber sehr schlau,
Waren wir nicht etwas gar «schnell verlobt»?
Ja nu, an der Fasnacht, da wird nun getobt.
Liebe Österreicherin, dafür dank ich Dir,
dass Du am Abend warst so nett zu mir.
Zur Erinnerung an die Fastnacht 1961, Choli

Pic und Perk

Ich war in der Stadt, per Zufall traf ich Pic zusammen mit einigen Freunden, dabei war auch Perk. Als die Gruppe mich sah, begrüsste sie mich freudig und Perk sagte: «Wir feiern heute meinen Polterabend, und du gehörst auch dazu.»

Perk war so glücklich, nochmals mit mir zusammen zu sein, ich natürlich auch.

Sein Studentenjunge, Pic, lebte nun in Spanien und war Inhaber von einem grossen Geschäft. Als Architekt, hatte er viel Erfolg. Ja, er besass sogar eine kleine Halbinsel an der Costa Brava, worauf er eine Villa baute. Er kam in die Schweiz, um an Perks Hochzeit teilzunehmen.

Pic erzählte mir: «In zwei Wochen werde ich auch heiraten, mit deiner Schulkameradin Kornelia, am 20. April 1961. Selbstverständlich bist du an meine Hochzeit eingeladen. Du gehörst zu meiner Familie, und ich habe so schöne Erinnerungen an dich.»

Am folgenden Morgen wurde ich nochmals telefonisch eingeladen von seinen Eltern.

Ich freute mich sehr auf die Hochzeit. Dann wollte Pic unbedingt, dass auch ich an seinem Polterabend dabei sein müsse und nicht nur an Perks.

Pics Hochzeit war ein sehr schönes Fest. Natürlich kamen viele Studenten, die nach der Kirche Spalier standen. Von dort ging es zum Hochzeitsessen. Ich bekam als Tischpartner einen so lieben, bilderbuchhübschen Studenten und dieser verliebte sich gleich in mich. Leider hatte ich nur Augen für Perk, der nun Trauzeuge war.

Natürlich war seine frisch verheiratete Frau dabei. Aber glücklicherweise sass Perk neben meiner Freundin Ruth und ich ihr gegenüber, sodass ich hie und da mit Perk einige Worte austauschen konnte. Auch hatten wir die Möglichkeit, miteinander zu tanzen. Nachträglich tat es mir leid, dass ich mich nicht all zu sehr um meinen Tischpartner gekümmert hatte. Aber auch das ist irgendwie Schicksal!

Abschied von Winterthur

Papa hatte im Sinn zu Privatisieren. Dann hatte er die Idee, ganz oben in unserem Haus das Dach auszubauen und eine Attikawohnung einzurichten. Papa hörte, dass Elektro-Grossenbacher etwas suchte für eine weitere Filiale, das wäre genau das Richtige. Die Zeit hatte sich geändert. Unser bester Arbeiter war nun Chef der Migros-Bäckerei. Mit Stolz hatte er Papa gezeigt, wie das ganze Gebäude der Migros-Bäckerei ausgestattet war. Papa war sehr beeindruckt und wusste, dass dies die Zukunft ist und ein Privatbetrieb nicht mehr rentieren kann.

Meine Eltern hatten das Geschäft aufgebaut, nachdem drei Vorgänger Konkurs gemacht hatten. Nun müsste man alles modernisieren, was sich nicht lohnte bei dieser grossen Konkurrenz.

Viel besser, man renoviert das Haus, und zwar war der Elektro-Grossenbacher, mit dieser Renovation und dem Kauf einverstanden.

Papa benachrichtigte alle Angestellten und Hausbewohner, dass er innerhalb von einem Jahr die Bäckerei-Konditorei und Confiserie aufgeben werde und Herr Grossenbacher das Geschäft für seine Zwecke umbauen werde. Alle Angestellten fanden eine neue Arbeitsstelle und zogen aus.

Um die Bäckerei umzubauen kam ein Sachverständiger vorbei, und er stellte fest, dass das Haus mit schlechtem Mörtel gebaut wurde und es besser wäre, das Haus niederzureissen und einen Häuserblock hinzustellen.

Papa war etwas traurig, doch da kam eine neue Gelegenheit. Wir besuchten Papas Bruder August in Goldach am schönen Bodensee. August erzählte, die drei Häuser unter ihm, welche im Bau standen, könnte man günstig kaufen. Dem Bauherrn sei das Geld ausgegangen. Das oberste Haus war das grösste, mit sehr viel Umschwung und noch einer Wasserquelle dazu.

Dies gefiel Papa sehr und er sah schon, wie er einen Teich bauen werde, um Fische hineinzutun und wie von der Quelle das Wasser hineinfliessen wird. Gleich am andern Tag wurde verhandelt, sodass dieses Haus schlüsselfertig hergestellt und dann im Moment bezahlt werde.

Danach gingen die Verhandlungen weiter mit Elektro-Grossenbacher. Papa hatte wieder eine gute Idee. Das Restaurant nebenan werde sicher auch nicht mehr lange bleiben, und mit unserem Garten zusammen mit der sehr grossen Gartenwirtschaft und noch der Kegelbahn dazu, gäbe es sicher ein gutes Bauland. Herr Grossenbacher war voll begeistert. Zusammen schritten sie zur Wirtin. Sie war sowieso bereits dabei, die Wirtschaft zu verkaufen. Das kam natürlich gelegen für alle Beteiligten. Damit entstand eine grosse Überbauung an der Römerstrasse 147 wo ich aufgewachsen war.

Bei der Ausgrabung entdeckte man einen wertvollen Fund. Nicht umsonst war es die Römerstrasse. Es wurden Münzen gefunden, die aus der römischen Kaiserzeit stammten und Keramikscherben aus dem 1. Jahrhundert nach Christi Geburt, Stücke von Dachziegeln, Überreste eines Brandgrabes und Tierknochen, diverse Skelette, wovon zwei in einem Doppelgrab gefunden wurden. Auch ein Ziehbrunnen kam zum Vorschein welcher ca. sechs Meter tief war.

Umzug nach Goldach

Im August machten wir den Umzug nach Goldach. Papa bemühte sich, den Garten anzulegen mit Hilfe eines Gartenarchitekten. Beide arbeiteten täglich, bauten Trockenmäuerchen und pflanzten entsprechende Blumen und Sträucher dazu, sodass es in kurzer Zeit ganz nett aussah.

Zum Schluss kam der Fischteich dran, auf den sich Papa am meisten freute. Er hatte im Sinn, Fische im See zu fangen und sie dann in den Teich zu werfen, damit Mutti immer frische

Fische aus unserem Teich essen könne.

Mutti beschäftige sich damit, das Haus einzurichten. Ich machte mich zuerst an die Vorhänge, um diese so schnell wie möglich aufzuhängen, damit das Haus Schritt für Schritt wohnlicher wurde.

Dann schaute ich für eine neue Ausbildung und bewarb mich als Hostess. Damals war Hostess «In». Ich musste mich am Flughafen Zürich vorstellen. Ich bekam den Bescheid: «Leider sind Sie mit 24 Jahren für den Einstieg als Hostess zu alt. Allerdings wäre es noch möglich, wenn Sie zusätzlich zu Ihren vier Sprachen noch Japanisch oder Russisch sprechen würden.»

Enttäuscht ging ich nach Hause.

Meine Eltern meinten, technische Zeichnerin wäre doch viel besser für mich, weil ich so gut in der Geometrie war und sehr exakt in meiner Arbeit. Ja, sie hatten sogar bereits zwei Stellen gesucht, wo ich mich vorstellen musste. Ich ging widerwillig dahin und kam deswegen etwas zu spät. Zum Glück bekam ich keine Zusage. Die andere Stelle war unterdessen schon vergeben.

Mutti hatte eine andere Vorstellung, sie wollte, dass ich Schneiderin werde. Aber das wäre mein letzter Beruf gewesen. Papa war auch meiner Meinung und sagte: «Unerhört, solch eine Krüppelschneiderin!»

Ich würde lieber eine Ausbildung machen als Hausbeamtin. Doch meine Eltern dachten, ich könnte doch zu Hause bleiben, nähen, sticken und eine Aussteuer vorbereiten. Doch das wollte ich wirklich nicht und schimpfte: «Ja, heutzutage kommt nicht mehr ein Prinz vorbei und fragt nach einer Jungfer, die eine Aussteuer bereit hat.»

Das gab eine fürchterliche Auseinandersetzung mit meinen Eltern, weil ich mir erlaubte, mich so gegen sie zu äussern.

Ich machte mich auf den Weg für meinen neuen Beruf und ging zur Berufsberatung. Dort musste ich mich einem Test unterziehen, wobei herauskam, dass ich mich am besten als Krankenschwester oder Arztgehilfin eignen würde.

«Nein, das kann nicht sein, ich kann doch kein Blut sehen, das ist ja fürchterlich.»

Dann offerierte mir die Beraterin eine andere Variante und meinte: «Sie könnten vielleicht eine Ausbildung als Laborantin machen?»

«Ja, das wäre etwas für mich. Schon immer interessierte ich mich für Chemie.»

Sofort meldete ich mich an für die Laborausbildung.

Zu Hause hatten meine Eltern kein Zutrauen, dass ich nach langem Studienunterbruch nochmals die Schulbank drücken könnte. Papa warnte mich: «Du bist nicht im Stande solch eine Ausbildung abzuschliessen, und wenn du einfach deinen Kopf durchsetzen willst, kannst du dein Studium selber bezahlen.»

Vielleicht war dies der Grund, warum ich mich noch stärker dafür eingesetzt hatte.

Badestrand Goldach

Hier am Bodensee war nun mein neues Elternhaus. Ich wollte vom See profitieren und möglichst oft Schwimmen gehen. Per Fahrrad fuhr ich zum See hinunter, leider geht es nach dem erfrischenden Bad hinauf nach Hause oder Papa erlaubte mir, mit dem Auto hinzufahren.

Das Goldacher Strandbad ist sehr gross. Voll Freude löste ich ein Halbjahres-Abonnement, weil es bereits Mitte August war. Aber ich war schockiert, weil die Dame an der Strandbadkasse mich fragte: «Sind Sie verheiratet oder ledig?»

Welcher Unsinn, für eine Eintrittskarte um Baden zu gehen, solche Fragen zu stellen. Nachdem ich antwortete, noch ledig zu sein, erklärte mir diese Frau: «Die ledigen Frauen müssen durch das Familienbad durchgehen und ganz hinten auf der rechten Seite, wo das Frauenbad ist, dort dürfen sie sich aufhalten und sonst nirgends. Die linke Seite ist einzig und allein für Männer bestimmt.»

Das war wirklich lächerlich, aber mir blieb nichts anderes übrig. Also durchquerte ich das Familienbad wie mir befohlen wurde. Es war der Hammer! Die verheirateten Männer sassen da und schauten mir nach, als wollten sie mich ausziehen. Fürchterlich!

Ich schwamm zum Floss hinaus und dort durften sich wiederum alle aufhalten, Männlein wie Weiblein und alle Kinder. So ein Blödsinn! Nie mehr besuchte ich dieses Strandbad, trotz dem Abonnement das ich gekauft hatte.

Anneli Pöppali

Es war wieder September, die Zeit für unsere Ferien. Anneli durfte nochmals mit uns nach Arma di Taggia fahren. Unsere Reise verlief wie jedes Jahr mit dem üblichen Halt in Finale Ligure, um mich mit Giancarlo zu verabreden. Auch bei der Ankunft in Arma di Taggia gab es ein freudiges Wiedersehen. Dario hatte sich die Zeit gemerkt und als er das Auto sah, kam er sofort ins Hotel, um uns zu begrüssen. Er war überrascht, dass Anneli auch wieder dabei war. Wir spazierten mit ihm, meinen Eltern und deren Freunden die Promenade hinunter und zurück. Dario hatte wieder einen Freund für Anneli, den er uns am folgenden Morgen vorstellen wollte und ausserdem wollte er bei gutem Wetter zum Segeln gehen.

Am andern Morgen nach dem Frühstück ging es sofort los, weil das Meer noch ruhig war, denn gegen Mittag kommt meistens ein Wind auf mit dementsprechenden Wellen. Man weiss nie, ob die Windstärke wechselt und aus welcher Richtung der Wind weht. Also mussten Dario und ich das Boot ganz schnell wie's Bisiwetter zum Starten bereitmachen. Anneli schaute zu und da kam endlich Darios Freund Mimo daher. Aber Dario gab das Kommando zum Einsteigen und sagte: «Schnell, schnell, vorgestellt wird erst auf der Fahrt, wenn wir draussen sind.»

Als nun alles flottgemacht war, kam Dario endlich dazu, uns Mimo vorzustellen. Siehe da, Anneli und Mimo sassen bereits engumschlungen da und küssten sich.

Dario und ich waren perplex, wir schauten einander nur an und waren einfach sprachlos. Vorher waren wir so sehr beschäftigt mit den Segeln und mussten doch schauen, dass wir hinaus aufs offene Meer kamen, bevor es starke Wellen gab. Und nun fühlten sich die Zwei schon alleine auf der Welt?

Dario lächelte und äusserte sich: «So brav wie deine Freundin sich gibt, ist überhaupt nicht der Fall.»

Ich hingegen war der Meinung, dass man diese Spontaneität mit Mimo der Wärme zuschreiben musste und der Ferienstimmung dazu. Doch Dario schaute dies anders an. «Nein, Anneli hat sich einen Heiligenschein aufgesetzt und tut so, als wäre sie die Heilige Anna. Ich nenne sie ‹Pöppali› statt Anneli.» Von da an blieb dieser Name an ihr haften. Die Freunde meiner Eltern fanden diesen Namen besonders treffend.

Nach dieser Segeltour kam Mimo täglich mit Dario, um uns zwei Mädchen auszuführen. Sie zeigten uns die abgelegenen

Dörfchen und San Remo mit den kleinen Gässchen, wo wir hauptsächlich den Einheimischen begegneten. Auch zeigten sie uns den Hafen und Umgebung.

Natürlich mussten wir auch wieder mit Pöppali nach Bussana Vecchia. Immer wieder brachte uns dieses verlassene Erdbebendorf ins Staunen.

Wie konnte dieses Erdbeben einen derartigen Schaden anrichten. Wir konnten dies nicht begreifen und auch nicht, warum man das Dorf nie wieder aufbaute. Jedoch war Bussana Vecchia in diesem Zustand für uns viel interessanter. Für Pöppali die mit ihrem Mimo zusammen war, wurde es besonders romantisch.

Einmal fuhren wir zu einem felsigen Strand. Da war das Wasser kristallblau und ganz klar, man konnte die Felsen bis sehr weit hinunter sehen. Wunderschön! Das Meer mit den verschiedenen blauen Nuancen von dunklem Tintenblau, türkisfarbenem bis smaragdgrünem Wasser. Einfach bezaubernd!

Als es nun Zeit war um heimzugehen, konnten wir Pöppali und Mimo nirgends sehen, sie waren einfach verschwunden und hörten unser Rufen nicht. Ich bekam Angst, denn ich hatte ja die Verantwortung für Anneli. Dario beruhigte mich und bat mich, unseren Platz nicht zu verlassen, er werde die beiden schon finden. Endlich kam er zurück und schmunzelte. Aber er wollte mir nicht sagen warum. Nach einer Weile kamen die Beiden daher.

Später, als ich einmal mit Dario allein ausging sagte er mir: «Pöppalis Heiligenschein hat sich bestätigt. Ich habe alles gesehen und wie.»

Ich musste mir etwas vorstellen, was ich kaum glauben konnte. Damals gab es noch keine Pille und es war etwas ganz Schreckliches, wenn ein Mädchen vorehelichen Sex hatte. Deswegen machte es mich wirklich traurig.

Giancarlo

Mehrere Male hatte ich ein Treffen mit Giancarlo und wir gingen immer irgendwohin zum Tanzen. Es war so schön in seinen Armen zu frönen und seinen Atem zu spüren. Ich fühlte die Schwingungen in unseren Körpern. Ich fühlte wie alles so harmonisch war zwischen uns zwei. Es war sehr schwer «brav» zu bleiben doch Giancarlo wusste es zu schätzen, obwohl es auch für ihn nicht leicht war, mich so zu akzeptieren.

Trotz allem musste ich immer wieder an das Mädchen denken, von welchem Giancarlo mir erzählt hatte und wünschte einfach, dass sie sich plötzlich in einen Anderen verliebe, bevor Giancarlo sein Studium beende.

Ich merkte, dass Giancarlo mich wirklich liebte. Es tat weh, so lange getrennt zu sein. Doch die Liebe gab so viel Kraft und ich wollte warten, trotzdem ich Giancarlo nur selten sah. Ich wusste ganz genau, bei keinem anderen Mann den ich kannte hatte ich so viel Gefühl empfunden, wie in Gegenwart von Giancarlo. Seine weiche Stimme, seine Augen in die ich hineintauchen konnte, seine Bewegungen, alles zusammen gab mir die Sicherheit, dass wir zusammengehörten.

Neuer Beruf und Schulanfang

Nun war es soweit, dass ich mit meiner Ausbildung anfangen konnte. In St. Gallen besuchte ich die Laborantinnen-Schule. Weil nur fünf Schülerinnen sich für die Ausbildung als Laborantin angemeldet hatten, mussten wir zusammen mit den Arztgehilfinnen den Unterricht besuchen. Wir alle mussten den gleichen Stoff lernen. Die schriftlichen Fächer besuchten wir zusammen mit den Handelsschülern. Leider machten mir die Handelsfächer etwas Mühe, speziell die Doppelbuchhaltung. Meine Kollegen waren alle viel jünger als ich und sie hatten bereits in der Schule die Doppelbuchhaltung gelernt. Ich jedoch hatte Erfahrung vom Geschäft mit der einfachen Buchhaltung. Bei der Doppelbuchhaltung dachte ich immer umgekehrt und deswegen konnte ich dies einfach nicht verstehen. Kein Lehrer hatte Zeit, um mir die Doppelbuchhaltung von Anfang her zu erklären. Glücklicherweise waren die Handelsfächer nicht obligatorisch.

Aber für uns Laborantinnen waren alle ärztlichen Unterrichtsstunden mit den Arztgehilfinnen obligatorisch. Ja eines Tages kam sogar der Direktor ins Klassenzimmer und sagte: «Schnell, schnell, alle Arztgehilfinnen zum Arzt. Er hat eine interessante Operation zum Vorführen.»

Schnell packten alle zusammen und rasten hinaus, aber ich fragte: «Was müssen wir Laborantinnen nun tun?»

«Ich habe gesagt: Alle zum Arzt, das gilt auch für die Laborantinnen.»

Am Operationstisch wollte jede Schülerin möglichst weit vorne stehen, aber ich war lieber möglichst weit hinten. Der Arzt warnte uns und sagte: «Wenn es jemandem übel wird, muss man nur gut durchatmen.»

O.k., das machte ich, weil mir wirklich nach kurzer Zeit übel wurde. Doch schaute ich erst recht, weil ich glaubte, dem armen Mann, der da in Narkose vor uns lag, helfen zu müssen. Als die Operation fertig war wurde der Patient hinausgeführt und der Arzt sagte: «Jetzt räumt Ihr das Operationszimmer auf, sodass es bereit ist für den nächsten Patienten.»

Alle machten sich an die Instrumente. Die Tücher, die auf dem Schragen waren, legten sie auf den Instrumentenboy und verliessen damit das Zimmer. Aber ich hatte nur das Blut gesehen, welches auch teilweise hinunter zum Boden lief. Ich dachte, eine dieser Arztgehilfinnen wird wohl zum Reinigen kommen. Aber ich blieb alleine zurück. Da holte ich draussen bei Frau Doktor einen Eimer mit warmem Wasser und einen Lappen. Als ich alles Blut beiseite geschafft hatte, kam der Arzt. Er machte mir ein Kompliment, indem er sagte: «Sie werden einmal eine sehr gute Arztgehilfin, denn Sie sind die einzige die das Operationszimmer wieder in Ordnung gebracht hat.»

Darauf hin erwiderte ich: «Aber Herr Doktor, ich werde doch Laborantin.»

Konstantin

Während den Sommerferien konnte ich endlich wieder im Bodensee schwimmen gehen. Dieses Jahr ging ich aber an den Badestrand Rorschach, wo jedermann das gleiche Recht hat. Ich suchte mir ein Plätzchen aus und legte mich auf mein Tuch, um braun zu werden und in meinem Buch zu lesen. Nach einer Weile schwamm ich in den See hinaus, kam zurück und ging unter die Dusche. Danach wollte ich mir die ganze Badeanstalt mal anschauen. Da plötzlich sah ich einen Mann vor mir stehen, der sah aus wie Errol Flynn, mein Idol-Mann von dem ich träumte. Ich merkte wie mir das Blut in den Kopf schoss, als er mir ausgerechnet in die Augen schaute. Schnell ging ich zu meinem Tuch zurück, nahm das Buch in die Hände und probierte zu lesen. Aber das ging nicht. Ich las einen Satz und las denselben ein zweites und drittes Mal, trotzdem wusste ich nicht, was im Buch stand. Das Einzige was ich wusste war, dass ich mein Idol gesehen hatte. Ich probierte nochmals zu lesen, doch es ging gar nicht mehr. Ich wollte lesen um mich abzulenken von dieser Begegnung, die ja sowieso nur Luft ist, wie sollte ich denn mit diesem Mann in Kontakt kommen? Also starrte ich weiter in mein Buch.

Leider hatte ich mich neben einem Pingpong-Tisch niedergesetzt, wo immer wieder Bälle seitlich hinausflogen und gegen mich. Ja sogar fiel einmal ein Ball von oben her direkt auf mein Buch hinunter und blieb da stecken. Das war aber zu viel, dachte ich, so etwas muss absichtlich passiert sein. Was soll ich nun mit diesen Lausbuben? Ach, ich muss diesen Beiden den Ball aushändigen und was soll ich den Beiden sagen? – Aber oh Schreck, nun wusste ich, warum so viele Bälle immer genau zu mir hinflogen. Mein Idol und sein Kollege hatten sich diesen Spass erlaubt, damit sie mit mir ins Gespräch kommen konnten.

Der Kollege liess uns allein und mein Idol fragte, ob er sich neben mich hinsetzen dürfe. Leider war er Ausländer, ein Grieche. Klar, er wird ein Arbeiter in der Viskose-Fabrik sein. Meinen Eltern durfte ich ja gar nichts davon erzählen, die würden mit mir schimpfen. Hingegen fühlte ich solche Schmetterlinge im Bauch, dass mir dies alles egal war. Wenn er ein guter Mensch ist, spielt dies überhaupt keine Rolle und das wissen auch meine Eltern. Er hiess Konstantin, ein ungewohnter Name für mich. Leider musste er schon wieder an die Arbeit, aber wir vereinbarten, uns am nächsten schönen Tag wieder in der Badi zu sehen.

Es regnete leider Tag für Tag. Ich konnte kaum abwarten, bis die Sonne wieder schien und fragte mich, ob ich Konstantin je wieder sehen könnte. Fünf Tage später schien wieder die Sonne und ich ging voll Erwartung in die Badi. Aber als ich Konstantin sah, war er zusammen mit Kollegen und ein paar Mädchen. Dies stimmte mich traurig und statt ihn zu begrüssen ging ich schwimmen. Er hatte mich entdeckt und schwamm nun zu mir aufs Floss hinaus. Dort bat er mich: «Bitte kommen Sie und setzen Sie sich zu mir und meinen Arbeitskollegen.»

Konstantin stellte mich seinen Kollegen vor und ich durfte auf sein Tuch sitzen. Dann lauschte ich ihrem Gespräch einfach zu, weil ich viel zu scheu war und sagte kein Wort. Die Mädchen kicherten. Sicher hatten sie gemerkt, wie unerfahren ich noch war. Da hörte ich wie Konstantin ein lateinisches Wort brauchte, das ich als Arztgehilfin gelernt hatte. Nach einer Weile verabschiedeten sich die Mädchen und riefen: «Tschau Papa.»

Nun fragte ich Konstantin: «Warum sagen diese Mädchen zu Ihnen Papa, Sie sind doch nicht ihr Vater?»

Er lachte und erklärte mir: «Klar kann ich nicht der Vater sein, aber mein griechischer Namen ist viel zu kompliziert mit Papadopulos, deshalb nenne ich mich einfach nur Papa.»

Ja, dann wollte ich noch von ihm wissen: «Wie kommen Sie dazu dieses Wort zu gebrauchen? (Ich weiss nun nicht mehr welches Wort es war.) Das ist doch ein lateinisches und medizinisches Wort.»

Total verdutzt fragte er mich: «Ja, darf ich keine lateinische Wörter sprechen?»

«Natürlich können Sie lateinisch sprechen, ganz wie Ihnen beliebt. Nur ist es doch etwas ungewohnt, wenn man so ein Wort gebraucht, das normalerweise nur Ärzte verwenden.»

Zu meinem grossen Erstaunen sagt er: «Ich bin Arzt, ist etwas nicht in Ordnung?»

«Entschuldigung, das konnte ich natürlich nicht wissen, dann ist ja alles bestens.»

Dabei war ich überglücklich. Ich konnte es kaum glauben, aber es war die Wahrheit und vor allem wegen meinen Eltern, die nun sicher nichts dagegen haben würden, wenn ich mit Konstantin ausginge. Nach diesem schönen Nachmittag lud er mich für einen Abend ein.

Nun konnte ich meinen Eltern erzählen von meiner Bekanntschaft. Als Konstantin mich abholte, kam er mit einem kleinen, weiss-violetten Sportwagen und in Begleitung seines Schweizer-Freundes. Meine Eltern liessen mich sehr beruhigt mit ihm gehen. Im Auto sangen wir die ganze Zeit und der Abend war wunderschön und gemütlich.

An einem anderen Abend präsentierte er mir seinen Arbeitskollegen, Dr. Pisa. Wie der Name sagt, stammte er aus Italien und war in Sizilien zu Hause. Ich merkte, dass Dr. Pisa mich auch gut mochte. So verbrachten wir einen sehr lustigen und gemütlichen Abend zusammen.

Bewerbung fürs Labor

Weil ich Heimweh nach Winterthur hatte, versuchte ich dort mein Praktikum zu absolvieren. Die Einladung zum Vorstellen kam, und zwar sollte ich mich nicht im Kantonsspital, sondern bei der Cheflaborantin im evangelischen Pfarrhaus vorstellen. Als Katholikin werde ich sicher die Absage bekommen oder es könnte sein, dass Mutti, die Protestantin ist, mir helfen könnte. Voller Angst läutete ich an der Pfarrhaustür. Hansruedi, der Pfarrerssohn, öffnete mir die Türe. Mit ihm kam ich immer sehr gut aus, und weil er mich mit grosser Freude empfing, konnte ich mich entspannen und natürlicher geben.

Ein paar Tage danach kam der ersehnte Brief. Beim Öffnen zitterte ich wie Espenlaub. So gerne wäre ich nach Winterthur zurückgegangen. – Welch grosses Glück! Ich wurde als Laborpraktikantin angenommen.

Vielleicht war es, weil ich Winterthurer Bürgerin bin. Oder vermutlich Hansruedi, der Bruder von der Cheflaborantin, hatte mir dabei geholfen. Später vernahm ich, dass das Winterthurer Labor sehr beliebt ist, weil die Laborantinnen verschiedene Untersuche machen dürfen. Üblich sei, dass eine Laborantin täglich nur immer für denselben Untersuch zuständig ist. Erst viel später darf man einmal für andere Untersuche wechseln. Welches Glück für mich!

Bussana Vecchia 1962

Dieses Jahr fuhr ich mit meinen Eltern alleine in die Ferien. Wie immer gab es auf der Reise den obligatorischen Halt in Finale Ligure, wo ich mich mit Giancarlo verabredete, uns wieder auf halbem Weg zu treffen.

In Arma di Taggia warteten wie immer Dario und seine Freunde auf mich. Dieses Jahr, als Dario und ich nach Bussana Vecchia fuhren, nahm Dario einen Korb mit, gefüllt mit Esswaren. Der war nicht für uns zwei bestimmt, sondern für eine alte Frau, die in diesen Ruinen hauste. Sie war schon immer da, nur sobald Menschen in die Nähe kamen, hatte sie sich versteckt. Dario aber kannte sie schon als Baby, weil seine Mutter nicht mehr Stillen konnte, war sie diejenige die ihn stillte. Deswegen hatte die Familie ihr immer das Nötige gegeben. Nun wohnte sie schon seit etlichen Jahren da oben in den Ruinen mit ihrem Freund und war zufrieden. Jedes Jahr sah sie Dario und mich, wie wir die Strasse hinaufkamen und uns die Ruinen anschauten. Nun wollte Dario, dass Francesca mich begrüsste und rief ihr: «Francesca komm aus deinem Versteck heraus. Du musst dich nicht fürchten. Lea und ich sind gute Freunde, ich möchte, dass du sie begrüsst.»

Dario rief natürlich in Italienisch. Nun kam eine Gestalt zum Vorschein. Es war eine alte, gebückte Frau mit zottigen, grauen Haaren und Zahnlücken, so wie man sich eine Hexe vorstellt, die in den Märchenbüchern vorkommt. Natürlich hatte sie Dreckkrusten auf der Haut. Aber ich konnte ja meine Hände wieder waschen.

Nun konnte ich sehen, wie diese Frau sich geehrt fühlte, als sie mich begrüsste. Francesca machte mir den Eindruck, eine sehr liebenswürdige Frau zu sein. Eigentlich war sie sehr zierlich, obwohl sie sicher ein raues Leben hatte. Ich musste ihr erzählen, von woher ich komme und ich sagte: «Besonders gut gefällt mir Bussana Vecchia, weil dieses stille Dorf hier oben sehr romantisch ist.»

Francesca stimmte mir zu und freute sich über meine Äusserung. Dann verabschiedete sie sich wieder und verschwand in dem dunklen Gewölbe. Dies war für mich ein aussergewöhnliches, romantisches Erlebnis und machte mich glücklich.

Diplom

Später, als ich schon die Zusage fürs Praktikum im Spitallabor Winterthur hatte, fragte mich unser Schularzt, ob ich bei ihm das Praktikum machen würde. Er war sehr beleidigt als ich ihm absagen musste, weil ich die Laborantinnen-Ausbildung weiter machen wollte und bereits eine Stelle hatte.

Die Schulausbildung ging dem Ende zu. Das Diplom dauerte volle zwei Wochen. Ein voller Tag war nur Buchhaltung, welche aber nicht obligatorisch war. Da ich immer schlechte Noten hatte in der Buchhaltung und eigentlich wegbleiben durfte, ging ich unbeschwert zum Diplom, denn wenn man unter Vier abschloss, erschien keine Note in unserem Diplom. Ich war mir 100 % sicher, nie die Note Vier zu erreichen. Sowieso zählte die halbe Note vom Durchschnitt von allen Zwischenprüfungen und die andere Hälfte vom Diplom selber.

Ich hatte einfach nur Lust, einmal eine ganze Arbeit zu machen, und mich den ganzen Tag nur mit Doppelbuchhaltung zu beschäftigen, damit ich es besser verstehen werde.

Wir mussten unsere Aufgabe per Papierstreifen auslosen. Ganz gelockert zog ich meine Aufgabe heraus. Jeder Schüler bekam eine andere Arbeit, damit man nicht spicken konnte. Ja, wir mussten sogar das Picknick mitnehmen, weil es keine Pause gab und sogar auf die Toilette kam jeweils ein Experte mit, dass man ja nicht spicken oder jemanden fragen konnte. Für die mündliche Prüfung sassen fünf Experten mir gegenüber und fragten mich im Kreuzverhör aus. Ich wusste, dass ich nichts weiss, respektive nur alles verkehrt und gab einfach schnell eine Antwort, damit ich möglichst bald erlöst war. Zurück im Klassenzimmer waren einige Kollegen schon fertig mit ihrer Arbeit und konnten nach Hause gehen. Mit meiner Arbeit kam ich auch ans Ende, und zu meinem Erstaunen stimmte das Endresultat, obwohl ich sicher war, dass alles falsch sein musste.

Pharmakologie war auch nicht mein Fach. Der Tag der schriftlichen Prüfung in Medizin kam. Ich sagte mir: «Falls du Pharmakologie ziehst; packst du deine Sachen und gehst nach Hause.»

Glücklicherweise waren es Gynäkologie und Gastralogie.

Als ich das Zeugnis erhielt, sah ich in den Arztfächern überall hohe Noten und zu meiner Überraschung stand in der Buchhaltung eine 4 ½, also musste ich Minimum die Höchstnote 6 erreicht haben am Diplom.

Nun ging es noch ins Praktikum und dazu musste ich noch eine sogenannte Dissertation schreiben. Erst nachdem alles eingesandt war, bekam ich das Diplom. Weil ich am Ende so gut abgeschlossen hatte, waren meine Eltern auch stolz auf mich und Papa gab mir sogar das Geld, welches ich für die Ausbildung bezahlen musste.

Praktikum im Labor

Bald war der Sommer vorbei und mein Praktikum fing an im Kantonsspital Winterthur. Als Praktikantin der medizinischen Abteilung wurde ich in die Allgemeinstation eingeteilt. Ich durfte jeden Morgen auf die Abteilung mit dem Tablett, um Blutentnahmen zu machen. Danach untersuchte ich die Blutbilder unterm Mikroskop, welches damals nur ein Okular hatten. Mit dem linken Auge schaute ich das Blutbild an und mit dem rechten Auge schaute ich aufs Blatt, worauf ich das Resultat eintrug. Vor dem Ärzterapport um fünf Uhr abends, kam die Cheflaborantin vorbei, um meine Untersuche zu kontrollieren, weil ja sie für alles verantwortlich war.

Von Konstantin erfuhr ich, dass sein Freund Dr. Pisa versetzt wurde und zwar nach Winterthur, wo er im folgenden Monat hinkam. Das fand ich ganz toll, so bekam ich bereits einen guten Bekannten an meinen Arbeitsplatz.

Als ich etwas eingearbeitet war, durfte ich, falls ich am Morgen die Erste im Labor war, die Tabletts für alle Laborantinnen im medizinischen Labor vorbereiten. Die Schwestern legten jeweils die Bestellzettel für ihre Patienten ins Labor. Diese verteilte ich auf die verschiedenen Tabletts und jeweils nach bestimmter Abteilung. Je nach Untersuch legte man verschiedene Kanülen, Reagenz-Gläschen, etc. auf die Tabletts. Ganz genau pipettieren für die Hämoglobinanalyse und noch diverse andere Analysen und je nach Bestellung. Waren die Tabletts fertig vorbereitet, ging jede Laborantin zu ihren Patienten auf die Abteilung, um das Blut zu holen. Anschliessend wurden die entsprechenden Untersuche gemacht.

Einmal durfte ich sogar zum Chefarzt, um bei einem Privatpatienten einen Blutstatus zu entnehmen. Das war für mich als Praktikantin eine grosse Ehre.

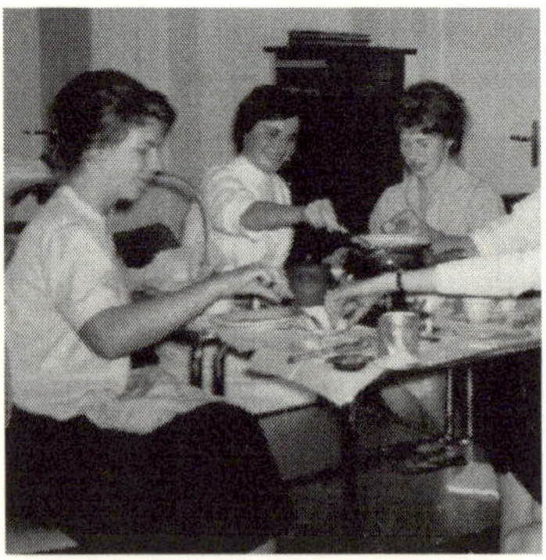

Fondue im Labor, für uns vier Laborantinnen

Während ich in Winterthur im Praktikum war, musste sich mein Papa einer Operation unterziehen im Kantonsspital St. Gallen. Er hatte Magenkrebs. Es war sehr schwer für mich, wenn ich jeden Morgen in ein Zimmer musste, wo sechs Frauen mit Magenkrebs lagen. Wenn sie jammerten, musste ich beruhigende Worte finden, welche ich selber nötig gehabt hätte. Ich wusste nun genau, wie schlimm es bei Papa aussah. Verliess ich dann das Zimmer, liefen mir die Tränen herunter sobald ich die Türe geschlossen hatte. Aber ich musste mich zusammennehmen und noch weitere Krankenzimmer besuchen.

Eines Tages kam ein Arzt und reklamierte, indem er zur Cheflaborantin sagte: «Das Hämoglobin kann heute nicht stimmen. Eine Frau hat komplett ein anderes Resultat. Schauen Sie nach, wo der Fehler ist!»

Unglücklicherweise war ich es, die genau an diesem Morgen die Tabletts vorbereitet hatte. Die Chef-Laborantin war sehr wütend über mich und sie selber machte sich an die Arbeit, um nochmals alle Untersuche zu kontrollieren und sie pipettierte aufs Präziseste. Zur ihrer Überraschung bekam sie bei allen Patienten das genau gleiche Resultat. Dann entschuldigte sie sich bei mir und machte mir das Kompliment, sie sei nun sicher, dass ich sehr genau pipettieren könne. Dementsprechend bekam ich am Ende meines Praktikums ein prima Abschlusszeugnis. Ich hatte es geschafft und meine Eltern waren endlich stolz auf mich.

Doktor Pisa

Als Doktor Pisa nach Winterthur kam setzten wir uns oft zusammen, um gegenseitige Erinnerungen von Rorschach auszutauschen. Natürlich interessierte es mich am meisten was Konstantin machte. Doktor Pisa gab mir aber zu verstehen, wie sehr er selbst Zuneigung zu mir empfinde, doch ich würde ihm gegenüber zu sehr Distanz zeigen. Er meinte, so kann man nur mit einer Schwester sein und gab mir den Namen Sorellina. Er selber wollte nun den Fratellino für mich spielen. Dies fand ich so schön und auch passend.

Zu seinem Geburtstag lud er seine Freunde und mich ein. Als er mich an der Türe empfing sagte er: «Zu meinem Geburtstag bekommst du eine grosse Überraschung.»

Nun war ich aber sehr neugierig. Mit was könnte er mich überraschen? Bald darauf ging die Türe auf und herein kam – Konstantin. Ja, das war wirklich eine sehr grosse Überraschung.

Fratellino hatte für uns grosse Gesellschaft ein schmackhaftes italienisches Festessen gekocht, welches er gleich tellerweise servierte. Weil die Spitalwohnung so klein war, setzten wir uns hin, wo es irgendwie Platz hatte und nahmen den Teller auf die Knie. Es herrschte eine herrliche Stimmung. Leider musste Konstantin uns schon früh verlassen, weil er in der dunklen Winternacht noch einen weiten Weg zurücklegen musste.

Später sagte ich zu Fatellino: «Konstantin sehe ich irgendwie verändert.»

«Ja, das stimmt. Konstantin will sich mit einer Frau die Fotomodel ist verloben. Aber wir alle mögen sie überhaupt nicht, sie ist eine eingebildete Kuh.»

Natürlich wurde ich sehr traurig, doch Fratellino tröstete mich und meinte: «Schau Sorellina, wir alle haben das Gefühl, dass du die Richtige für Konstantin bist. Sei zuversichtlich, es wird alles gut werden.»

Leider änderte Konstantin seine Idee nicht.

Von Fratellino hörte ich später, dass Konstantin Oberarzt im Berner Spital geworden war. Leider auch, dass er sich verlobt hätte.

Praxis Aushilfsstelle

Nun galt es Ernst, hinaus ins Leben mit meinem Beruf. Ich erinnerte mich an die Schule, wo wir Laborantinnen zusammen mit den Arztgehilfinnen die ärztlichen Unterrichtsstunden besuchen mussten. Auch meinte der Schularzt, ich würde eine gute Arztgehilfin werden. Wir mussten ja das Röntgen und EKG lernen, wie auch Verbände machen oder für schwerkranke Patienten die Leintücher wechseln, Krankengeschichten und Krankenkassen-Rechnungen schreiben und noch viele andere Dinge, die ich im Labor nicht brauchte. Ich fand es schade, das Gelernte brachliegen zu lassen. Im Labor hatte ich mich unterdessen auch an das Blut gewöhnt. Auch wäre es vielseitiger, wenn ich als Laborantin und Arztgehilfin arbeiten würde.

Eine Kollegin vom Labor war auch dieser Meinung und riet mir, zuerst Stellvertretungen bei verschiedenen Ärzten anzunehmen, um so in diverse Praxen hineinzuschauen und damit würde ich den Beruf besser kennenlernen. Nach einiger Zeit würde ich genau wissen, was ich tun möchte. Ja, genau dies tat ich.

Bald darauf hatte ich eine Aushilfsstelle in Weesen am Walensee. Der Arzt war sehr nett, ein älterer Herr. Er nahm es gemütlich und er war sehr beliebt bei seinen Patienten. Ebenfalls seine Frau, eine feine Dame, mit ihr konnte ich mich gut verständigen.

Ganz überrascht war ich, als mich Herr Doktor fragte, ob ich Autofahren könne und sagte: «Das Auto ist ein englisches Model mit dem Lenkrad auf der rechten Seite, aber daran kann man sich schnell gewöhnen. Ich habe ein böses Bein und deswegen brauche ich ein solches Auto. Sie sollen nun einige Patienten besuchen. Ich gebe Ihnen die nötigen Angaben.»

Ich erschrak, mit so wenig Kenntnis und keiner Erfahrung, nur das, was ich in der Schule auf technische Art gelernt hatte und natürlich alles fürs Labor.

Trotz allem überstand ich es gut mit der Blutentnahme. Ebenfalls damit, das erste Krankenbett frisch anzuziehen, wo der Mann bettlägerig war. Auch die anderen Besuche konnte ich ohne Schwierigkeiten erledigen, und nach und nach bekam ich auch Übung. Auch mit dem Autofahren kam ich bald zurecht. Es gefiel mir sehr gut mit so viel verschiedener Arbeit und noch dazu diese Verantwortung zu haben. Leider war die Zeit schon bald vorbei und ich schaute mich um für eine weitere Aushilfsstelle. Oder über eine kurze Zeit im Spital auf der Abteilung zu arbeiten, damit ich mehr Übung bekäme, falls ich noch mehr bettlägerige Patienten besuchen müsste.

Erste Praxis-Stelle

In Frauenfeld war eine Stelle ausgeschrieben für Arztgehilfin-Laborantin bei einem Arzt. Ich meldete mich und bekam diese Stelle. Zudem wohnte mein Onkel in Frauenfeld, der war evangelischer Pfarrer und lebte ganz alleine in der grossen Villa von meinen Grosseltern. Bei ihm durfte ich wohnen, was für mich sehr angenehm und schön war.

Von der damaligen Arztgehilfin wurde ich in der Praxis eingearbeitet, jedoch hatte sie keinen Diplomabschluss. Alles musste sehr schnell gehen. Genaue Untersuche wie im Spital waren unmöglich. Ich konnte dies gut verstehen und es machte mir Spass, eine neue Mentalität kennenzulernen. Ich legte alle meine Energie hinein. Als ich nun alleine alle Arbeit machte, merkte ich, dass alles nur so-so-la-la war. Aber ich musste ja lernen. Bei meinem Onkel konnte ich meine Gedanken ausschütten und ich erzählte ihm, was mir widerfahren war.

An dieser Stelle werde ich sicher nicht alt. Ich musste einen gewöhnlichen Urin-Untersuch machen. Diesen schrieb ich für die Krankenkassen ein. Dafür bekam ich Schimpf vom Arzt. Er war so wütend, weil ich nicht einen ganzen Status eingetragen hatte. Als ich nun ganz ehrlich antwortete: «Aber Herr Doktor Sie haben mir doch gesagt, ich müsse nur die gewöhnliche Urin-Probe machen, sonst nichts. Darum schrieb ich dies so ein.»

Da flippte der Arzt richtig aus und schimpfte: «Urin-Proben werden immer als ganzer Status eingetragen, oder sind Sie zu blöd um das zu verstehen?»

Das war aber genug und ich sagte ihm: «Auf diese Art kann ich nicht arbeiten, ich gehe.»

Danach war meine Welt zusammengebrochen. Wie bringe ich dies nun meinen Eltern bei?

Gott sei Dank! Ich konnte es zuerst meinem Onkel erzählen und er unterstützte mich voll und ganz. So konnte ich entspannter zu meinen Eltern gehen, die dann zum Glück auch Verständnis zeigten.

Später vernahm ich, dass genau dieser Arzt, Chefarzt vom Spital Frauenfeld geworden war. Unerhört!

Nun musste ich mich für eine andere Stelle umsehen. Arztgehilfin-Laborantin in einer Praxis, oder auch in einem Spital als Laborantin.

Dario und der Feigenbaum

Wieder im Monat September fuhren wir ans dunkelblaue Meer. Arma di Taggia war früher eher ein ruhiges Fischerdorf mit nur einem Hotel direkt am Strand gewesen. Hauptsächlich beherbergte dieses Hotel italienische Gäste. Jedes Jahr kamen mehr Gäste aus dem Norden von Italien. Auch wurde jedes Jahr der Strand mehr und mehr für den Tourismus verbaut. Als meine Eltern zum ersten Mal in Arma di Taggia waren, hatte eine Frau am Strand einen Sonnenschirm aufgestellt, welcher ringsherum mit einem Tuch versehen war und als Umkleidekabine diente. Die Frau hoffte dann auf ein Trinkgeld. In den fünfziger Jahren hatte man nur Italiener im Dorf angetroffen. Aber meine Mutter konnte sehr gut Italienisch sprechen und deshalb gab es nie Probleme.

Nun kamen Ausländer und jedes Jahr mehr. Auch wurde ein Hotel nach dem andern eröffnet. Der grösste Schock für mich war, als ich den ersten Nordeuropäer traf. Es war ein Kunde von uns, der sein Brot nicht bezahlen konnte!

In unserem Hotel angekommen, war Dario schon auf der Lauer auf unser Erscheinen. Als Erstes musste ich ihn begleiten, um alle Freunde zu begrüssen. An den Wochenenden machten wir mit allen Freunden Ausflüge. Wir waren ca. 20 Personen, die mit ihren Autos mitfuhren. Es ging in die Berge hinauf. Da gibt es schöne Grotti bei denen wir einkehrten. Hielten wir irgendwo an, so wurde im Chor gesungen. Weil ich als Schweizerin auch viele Tessiner Lieder und die von Norditalien kenne, konnte ich kräftig mitsingen. Das war herrlich und schön.

Unter der Woche fuhr Dario mit mir und ein paar Burschen den Hügel hinauf. Dort gab es einen sehr grossen Baum, der voller Feigen war. Ich konnte nur noch staunen über so ein Naturereignis und rief freudig aus: «Che enorme, questo grande albero con tanta Fiege. No ho visto mai.»

Alle fingen an zu lachen wie die Verrückten, ja hielten sich sogar den Bauch, und stotterten: «Ach Lea, was fällt dir ein, so etwas zu sagen.»

«Ja, was hatte ich den Falsches gesagt?», fragte ich entsetzt. Ich hatte doch nur gesagt: «Ich habe noch nie so einen enorm grossen Baum dermassen voll von Feigen gesehen.»

Dario bat mich still zu sein und die andern lachten nur noch mehr, und so heftig, dass zwei sogar zu Boden fielen. Ich aber bat Dario mir zu helfen, aber er winkte ab und bat mich ruhig zu sein, er würde es mir später erklären. Das ist ja entsetzlich!

Diese Geschichte liess mir keine Ruhe. Als ich wieder einmal mit Dario allein war, wollte ich wissen weswegen die mich so ausgelacht hatten. Er meinte, ich solle dies vergessen. Doch nun wurde ich erst recht neugierig, dies musste ich wissen. Er lachte mich aus und erklärte mir, dass dies nicht wichtig sei und auch nicht schön. Basta! Doch ich liess ihm keine Ruhe, so etwas beisst mich und nun erst recht. Das wurde ja immer noch interessanter zu wissen, was hinter diesem Lachen steckte. Endlich gab Dario sich geschlagen und erklärte mir: «Man sagt figgo und das heisst nicht dasselbe, so wie du es sagtest.»

«Klar, so hatte ich es doch gesagt und ich weiss, dass man diese Frucht genau gleich in Italienisch nennt wie in Schweizerdeutsch.»

Dario war aber anderer Meinung und erklärte, dass es an der Aussprache liegt. Die Betonung war falsch.

«Das kann doch nicht die Wahrheit sein, was ist denn noch dahinter?»

Dario fuhr mit mir in eine dunkle Ecke und dann endlich erklärte er: «Wenn die Betonung falsch ist, dann will es etwas anderes bedeuten und in unserem Dialekt bedeutet dies, das Geschlechtsteil der Frau.»

«Oh, dann werde ich in Zukunft ganz vorsichtig sein, damit mir dies nie wieder passiert.»

Rendezvous 1963

Dieses Jahr fuhr ich mit dem Zug bis Finale Ligure. Zurück nach Arma di Tiagga führte mich Giancarlo. Natürlich gingen wir, wie immer, irgendwohin zum Tanzen. Es war so schön in seinen Armen zu frönen und seinen Atem zu spüren. Wie schön war es, zu fühlen, wie wir auf einander abgestimmt waren. Bei keinem anderen Menschen empfand ich es so. Es war für mich sehr schwer «brav» zu bleiben, doch Giancarlo wusste es zu schätzen, obwohl es sicher auch für ihn nicht leicht war.

Ein andermal kam Giancarlo bis nach Arma di Taggia, um mich bei meinen Eltern abzuholen und von da aus Tanzen zu gehen. Giancarlo war wirklich der einzige Mann, der mir gefiel mit seinem Wesen und seiner Höflichkeit. Ich fühlte mich so wohl und geborgen in seiner Nähe. Auch Giancarlo gestand mir, dass ich die Frau wäre, die er sich vorstelle.

Er musste in der folgenden Woche für drei Tage nach Süditalien und fragte mich, ob ich ihn begleiten würde. Ich flippte aus und rief: «Was, alleine mit dir für drei Tage? Ach ja das ist toll! Doch wo schlafen wir?»

Ganz kühl antwortete mir Giancarlo: «Denk in einem Hotelzimmer.»

Ich verbesserte und erwiderte: «Du meinst wohl in zwei Hotelzimmern.»

Giancarlo fand dies albern, weil wir uns doch schon so lange kannten. Ich musste ihm aber zu verstehen geben: «Als katholisches Mädchen muss ich bis zur Hochzeit keusch bleiben. Schlafen wir zusammen in einem Zimmer, kannst du mir ja nicht garantieren, dass ich nach Hause kommen werde, so wie ich gegangen bin. Obendrein, darf ich dies meinen Eltern nicht antun.»

Giancarlo war sehr enttäuscht, aber damals hatte man noch keine Pille für Ledige und nicht diese Freiheit. Zudem wurden Mädchen, die sich intim eingelassen hatten, sehr schnell abgestempelt. Auch dies wollte ich auf keinen Fall. Ich wollte stark sein und treu bleiben, indem ich meinen Charakter zeigte. Deswegen musste ich auf das wunderschöne Angebot verzichten.

Damals als ich meine erste Periode bekam, musste mich eine eingekleidete Schwester aufklären. Sie warnte mich vor den Männern, die sich sexuell nähern wollen. «Der Herrgott straft alle, die nicht keusch in die Ehe gehen mit der Scheidung. Nur wer keusch bleibt bis zur Heirat, für den ist die Ehe wie ein Paradies.»

Kantonsspital St Gallen

Ich fand eine freie Stelle fürs Labor im Kantonsspital St. Gallen, ab Januar. Für die Übergangszeit gab es eine Möglichkeit, gleich für zwei Monate im Kantonsspital auf der Gynäkologie als Hilfsschwester zu arbeiten. Da hatte ich mich gemeldet, damit ich das Betten mit bettlägerigen Patienten üben konnte, und ich wurde eingestellt.

Als diplomierte Arztgehilfin kam ich auf die Privatabteilung. Alle Schwestern auf der Gynäkologie waren Diakonissinnen.

Ich kam zur Schwester Trudi. Beim Essen wollten die andern Schwestern wissen, wieso ich hier sei und mit wem ich zusammenarbeite. Darauf erzählten sie mir, dass Trudi sehr unbeliebt sei und immer schimpfe.

Auf der Abteilung gab mir Schwester Trudi folgende Anweisungen: «Kommt man ins Krankenzimmer öffnet man zuerst die Fenster. Ihr Platz ist immer für jedes Bett auf der Fensterseite. Die Leintücher und dazu die Wolldecken müssen gestreckt werden. Das Oberleintuch nimmt man von der linken Seite mit der linken Hand und gleichzeitig mit der rechten Hand darunter die Wolldecke, zusammen hochziehen und überschlagen und schon hat man die richtige Stellung, um beides zusammen unter die Matratze zu stossen. Die Kissen immer so hinlegen, dass die Knöpfe zum Fenster schauen. Weiter die Waschlappen und Gesichtstücher so aufhängen, dass die Falten zur Tür schauen. Für die Arztvisite soll alles majestätisch aussehen.»

Das alles war ja nicht so schwer um sich's zu merken. Trudi war die Abteilungsschwester und sie hatte die Verantwortung. Also wurde alles so gemacht, wie sie es wünschte. Bald war ich so eingearbeitet, dass wir mit den Patienten spassen konnten und die Arbeit ging von selbst.

Nun erzählte Schwester Trudi: «Nur ein Mal hatte ich eine gute Helferin, die mir ein paar Wochen geholfen hatte. Sie schrieb ihre Doktorarbeit während dieser Zeit. Nun sind Sie diejenige, die mir eine wahre Hilfe ist. Allen andern Helferinnen musste ich immer und immer wieder dasselbe erklären. Nie waren sie im Stande es so zu machen, wie ich es ihnen erklärte.»

Aha, dies war der Grund, wieso mir die andern Schwestern erzählten von der schlimmen Trudi, wo ich doch so super mit ihr auskam.

Nun hatte Schwester Trudi ihre vier freien Tage. Ich musste in den unteren Stock zur Schwester Emmi. Sie hatte den

Spitznamen «Fuchs», wegen ihren roten Haaren und noch wegen anderen Dingen. Ich war ja schon gut eingearbeitet und wusste den genauen Arbeitsablauf. Aber bei «Fuchs» war alles umgekehrt. Also werde ich es so machen, wie sie es will. Doch am folgenden Tag schimpfte sie und ich musste es wiederum anders machen. Nie war es korrekt. Wollte ich zum Fenster gehen, um es zu öffnen sagte Fuchs: «Zuerst gehen Sie und öffnen das Fenster.»

Nicht nur ich war schockiert, auch die Patienten. Als mir einmal die Tränen hinunterliefen, probierten die Patienten mich zu trösten und sagten: «Lea, Sie sind traurig wegen dem Fuchs. Nehmen Sie es nicht so tragisch, diese Schwester ist eine Giftnudel, die wir auch nicht mögen. Aber zum Glück sind Sie noch für uns da.»

Da wusste ich, welche Aufgabe ich zu erfüllen hatte und ging getrost wieder an meine Arbeit. Zudem dauerte es ja nur noch bis Silvester, was ich sicher noch aushalten konnte. Dann war diese Aushilfszeit zum Glück vorbei.

Sowieso dürfte ich gar nicht als diplomierte Arztgehilfin solche Arbeit ausführen. Die Schule hatte bereits Wind bekommen, dass ich auf diesem Niveau tätig war.

Die Patienten merkten es auch und wer mich noch nicht kannte, nannte mich Fräulein Doktor. Sicher fühlte sich Fuchs auch deswegen gekränkt.

Im Labor des Kantonsspital St. Gallen arbeitete eine Studienkameradin von mir. Zufällig wusste sie, dass ich auf der Abteilung arbeite, bis die Stelle im Labor frei war. Vermutlich hatte die Schule von ihr erfahren, dass ich nur als Hilfsschwester im Spital war und ich eine Reklamation bekam. Hingegen dank dieser Kollegin wurde ich informiert, was im Labor passierte. Sie erzählte mir, eine Verwandte der dortigen Cheflaborantin sei an meinem Platz eingestellt worden, ohne mich zu benachrichtigen. Dank ihr konnte ich gleich weitersuchen und fand eine Arztgehilfin-Laborantinnen-Stelle in der Südschweiz.

Die Diakonissen-Schwestern

Morgens mussten wir um 6:30 Uhr zum Frühstuck antreten. Die Oberin der Schwestern betete mit uns fast eine halbe Stunde mit lauter schönen Worten, wobei eher das Gegenteil davon auf der Abteilung passierte mit Fuchs. Auch andere Diakonissen-Schwestern waren nicht viel besser, was ich mit der Zeit feststellen musste.

Als nun die freien Tage von Schwester Trudi vorbei waren und sie wieder in ihre Abteilung ging, musste sie feststellen, dass man mich ihr weggenommen hatte. Einmal traf sie mich und wollte wissen, wie es mir ergangen sei, als sie weg war. Da erzählte ich ihr meine traurige Geschichte.

«Ich hatte Sonntagsdienst und musste auf zwei Stockwerken arbeiten. In einem Zimmer war eine schwer kranke Frau, die nur noch aus Haut und Knochen bestand. Die Schwester befahl mir, die Frau aufzuheben und in den Sessel daneben zu setzen. Als ich diese Frau, die relativ leicht war, wie ein Kind auf dem Arm hatte, da liess sie ihr Sekret austreten. Und ich, sonntagsfrisch angezogen wurde total benetzt von dieser stinkigen Bakteriensauce.»

Schwester Trudi war entsetzt und sagte mir. «Erstens: Nie darf eine Person alleine den Patienten aufheben. Zweitens: Darf man eine Aushilfe nicht auf diese Weise benutzen. Drittens: Wusste diese Schwester ganz genau, dass sie bei dieser Patientin, die so krank ist, nicht verhindern kann, dass in diesem Moment wo man sie aufhebt alles austritt. Von dieser Schwester wäre es die Pflicht gewesen, Ihnen beizubringen, wie man bei solch kranken Menschen zuerst eine Schüssel unterschiebt, und dann zusammen mit grösster Vorsicht und mitsamt der Schüssel den Patienten auf den Sessel setzt.»

Schwester Trudi fing an zu weinen und erzählte: «Ich als Diakonissin darf nicht reklamieren und muss immer einverstanden sein mit allem. Doch was nun passiert ist, dass man mir eine gute Hilfe einfach weggenommen hat aus lauter Neid. Das kann gar nichts anderes sein, weil ich die grösste Privatabteilung habe und zusammen mit Ihnen haben wir so gut und reibungslos gearbeitet, dass wir noch Zeit hatten, um uns einen Moment hinzusetzen um zu plaudern. Auch darf mir niemand meine Hilfe nehmen, ohne mich vorher zu informieren. Ich darf nicht von mir aus an einen andern Ort, aber ich werde alle diese Zustände in Bern melden und ihnen sagen was hier geschah. Mit solcher Situation werde ich hier nicht mehr arbeiten. Es ist mir egal was passiert.»

23. und 24. Dezember konnten die meisten Patienten nach Hause. Ich musste nun alle verlassenen Betten hinaus auf den Balkon tragen zum Durchlüften und Desinfizieren. Alle Zimmer mit Betten und Schränken gründlich reinigen. Für mich war es viel zu viel, diese sehr harte Arbeit. Das Einzige, ich war froh, dass es nur noch eine Woche dauerte.

Weihnachten waren fast keine Schwestern da und es war weiterhin viel zu anstrengend. Endlich kam der letzte Tag, wo ich mich verabschieden konnte. Aber da sagte die Oberin: «Lea, Sie sind übers Neujahr für drei Tage Nachtdienst eingetragen.»

Da wehrte ich mich aber und reklamierte sofort auf dem Büro. Die drohten mir, meinen Lohn zu kürzen, wenn ich den Nachtdienst verweigere, den ich übers Neujahr bis 2. Januar machen müsse. Da sagte ich klipp und klar: «Ich bin nur als Hilfe eingestellt, was für mich so etwas wie ein Praktikum ist, wo ich keine Nachtwache machen muss wie die festen Angestellten. Zudem war ich angemeldet für November und Dezember. Im Januar werde ich auf keinen Fall mehr arbeiten. So oder so, ich werde keine einzige Minute länger auf der Abteilung bleiben. Basta und Ade!»

Endlich kam die Silvester-Nacht, wo ich meine Sachen zusammenpackte und nach Hause gehen konnte. Von der strengen Arbeit, die ich von Weihnachten bis Neujahr erledigen musste, war ich so erschöpft, dass ich nur noch schlief und keine Lust mehr hatte, um etwas zu machen. Doch meine Koffer musste ich packen, um schon bald ins Tessin zu reisen.

Arztgehilfin – Laborantin

Im Tessin dauerten die Festtage bis zum Dreikönigstag (Epifania). Das war am Montag. Darum begann meine neue Arbeit erst am Dienstag, den 7. Januar bei Dr. Serena.

Vor Kurzem kaufte er ein grösseres Haus mit etwas Garten ringsherum, um seine Praxis einzurichten. Es war eine sehr gute Lage, direkt neben dem Fussballplatz. Im Erdgeschoss des Hauses war die Praxis und oben die Wohnung. Eine ältere und sehr neugierige Frau war Hausangestellte mit passendem Namen Carlotta. Sie musste neben der Hausarbeit auch die Praxis reinigen. Manchmal auch das Telefon abnehmen und den Patienten die Türe öffnen, um sie ins Wartzimmer zu führen.

Ich war zuständig für das Labor, Röntgen und das Assistieren bei kleineren Operationen. Natürlich musste ich auch die ganzen Büroarbeiten erledigen.

In der vorherigen Praxis von Herrn Dr. Serena, kam zweimal pro Woche eine Laborantin, die kleinere Untersuche machte. Nun mit der neuen und ausgedehnteren Praxis möchte Dr. Serena ein richtiges Labor einrichten und mit einer ganztägigen Hilfe.

Dr. Serena erklärte mir, wie man den alten Röntgenapparat bedient. Er hatte im Sinn, bei Gelegenheit einen Neuen zu kaufen. Das Labor war noch leer und das Einrichten wollte er mir überlassen. Er liess mir totale Freiheit, um ein möglichst gut eingerichtetes Labor zu haben. Ja ich durfte sogar, ohne ihn zu fragen, alles selber besorgen, was ich für die Untersuchungen brauchte. Zudem legte Dr. Serena grossen Wert auf genaue Arbeit, so wie ich dies im Spital gelernt hatte.

Ich war natürlich glücklich, dass ich wieder auf Genauigkeit arbeiten konnte. Ich durfte nach Lugano fahren und alles bestellen was ich brauchte, auch Gestelle, etc. Ich war total selbständig und deswegen machte es mir noch mehr Spass.

Das kleine Badezimmer war die Dunkelkammer, um Röntgenbilder zu entwickeln. Aber da stand noch so ein altes Möbel, aus der Praxis vom Vater meines Chefs. Da ich noch nicht so viel zu tun hatte, fragte ich Herr Dr. Serena, ob ich dieses Möbel mit Kontaktpapier überziehen dürfe und den unteren Teil weiss bemalen. Er lachte mich aus: «Was, das wollen Sie auch noch machen! Können Sie das? Mir kann es nur recht sein.»

Als ich damit fertig war, sah das Möbel ganz nett aus. Für die Beleuchtung musste ich Kabel und Stecker besorgen und montierte sie. Als mein Chef dies sah, hatte er sogar Bedenken. Ich konnte ihn beruhigen, weil ich dies bei einem Fachmann abgeguckt hatte.

Frau «Doktor» Serena

Frau Serena besitzt natürlich keinen Titel. Da die Wohnung oben im Haus von der Praxis war, kam Frau «Doktor» gerne herunter für einen Schwatz. Weil sie mich für längere Zeit aufhielt, lud sie mich dafür zum Essen ein, damit ich gleich wieder in die Praxis gehen konnte, um das Versäumte nachzuholen. Im Gespräch kamen wir auf das Eislaufen. Sie war voll begeistert und sagte: «Wenn Sie, Fräulein Schmid, Eislaufunterricht gaben, könnten Sie mir auch welchen erteilen und auch unserer Gruppe? Dann kann ich gleich meine Bekannten anrufen, ob sie mitmachen. Sie geben uns zweimal pro Woche von 10:00 bis 12:00 Uhr Eistanzunterricht und anschliessend kommen

Sie zu uns, zum Essen und dann können Sie in die Praxis, um diese zwei Stunden nachzuholen.»

Zum Gratisunterricht konnten natürlich alle Bekannten von Frau «Doktor», ihre Zeit einrichten. Der Eistanzkurs fand jeden Dienstag- und Donnerstagmorgen auf dem Eisfeld Bellinzona statt.

Nach den Telefonanrufen sagte Frau «Doktor» kurz und bündig zu meinem Chef: «Fräulein Schmid gibt unserer Gruppe Eistanzunterricht von 10:00 bis 12:00 Uhr, jeden Dienstag- und Donnerstagmorgen. Sie wird zu dieser Zeit keine Patienten annehmen können, nur dass du es weisst. Sie wird bei uns Essen und kann dafür eine Stunde früher in die Praxis hinuntergehen, um die zwei Stunden nachzuholen.»

Herr Doktor konnte nichts mehr sagen. Er, wie auch ich, mussten das tun, was Frau «Doktor» organisiert und bestimmt hatte.

Eislaufunterricht

Das Eislauffeld war nur fünf Fussminuten von der Praxis entfernt. Das Wetter im Süden ist besser, weil im Winter im Tessin die Sonne häufiger scheint. Es war ein Vergnügen, zwei Mal pro Woche am Morgen an die frische Luft aufs Eis zu gehen, wo öfters die Sonne schien, anstatt in der Praxis zu sein, und ich abends sowieso immer viel länger arbeiten musste. Die Arbeit musste getan werden, so oder so.

Donnerstagmorgen um 10:00 war ich auf dem Eis und Frau «Doktor» stellte mir die Gruppe der Tessiner High Society vor. Es waren vier Damen und drei Herren die regelmässig kamen. Sie waren sehr interessiert die Tanzschritte zu lernen und machten dementsprechend Fortschritte.

Als Entschädigung fürs Unterrichten, konnte ich zusammen mit der Familie Serena Mittagessen. Carlotta aber musste in der Küche essen und uns servieren. Mein Chef stand gleich nach dem Essen auf und verschwand zur Arztvisite. Frau «Doktor» aber erzählte mir von allen ihren Freunden und Bekannten und immer noch, wenn ich bereits die Türe in der Hand hatte zum Gehen. Carlotta kam jeweils und wagte nur ganz schüchtern mir zu sagen, dass einige Patienten unten auf mich warten. Denn Frau «Doktor» wurde sofort wütend, wenn es nicht nach ihr ging. So hatte ich öfters meine Arbeit statt um 13 Uhr, erst um 15 Uhr angefangen.

Am Sonntagmorgen war ich auch immer auf dem Eis. Zu meiner Überraschung begrüsste mich eine Schulkollegin von der Gewerbeschule aus Winterthur. Sie gehörte zur anderen Hälfte von unserer Gruppe. Klar, sie bekam schon ein Kind, als sie noch Konfirmandin war. Nun kam sie mit ihrem Mann und zwei Kindern, ein Bub und ein Mädchen, aufs Eis. Sie war sehr begeistert, bei mir einige Eistanzschritte zu lernen.

Ein Herr wurde aufmerksam und wollte auch etwas bei mir lernen. Aber dann kamen immer noch mehr Personen, sodass sie unter sich eine Gruppe organisierten, denen ich Unterricht erteilte. Leider passte dies Frau «Doktor» gar nicht. Sie nahm sich die Frechheit und verbot mir, anderen Leuten Unterricht zu geben. Sie schimpfte fürchterlich, dass ich als Arztgehilfin Geld verdiene und somit keinen anderen Beruf ausüben dürfe. Der Sonntag sei zum Ausruhen da und zur Konzentration für die folgende Woche.

Weil es sowieso nur noch einen Monat bis zur Eisbahnschliessung dauerte, gab ich trotzdem noch bis Saisonschluss Unterricht, und ohne damit Geld zu verdienen. Schliesslich war es meine Freizeit.

Eislauf und Martin

Der Herr auf dem Foto heisst Martin, er stellte mir seine Gemahlin vor. Nach Saisonschluss luden sie mich zum Essen

bei ihnen zu Hause ein. Martin wohnte in San Bernardino am Tunneleingang, der damals gebaut wurde. Er war als Ingenieur zuständig für den Bau. Darum wohnte er mit seiner ganzen Familie dort oben in den Bergen. Bei meiner Ankunft wurde ich freudig begrüsst, speziell von seinen zwei kleinen Töchtern.

Die folgende Eislauf-Saison gab ich Martin wieder Einzelunterricht, natürlich immer gratis. Er konnte schon Verschiedenes gut laufen, aber nicht korrekt. Er war sehr ehrgeizig und bald konnten wir zusammen Eistanzen. Ja, die Leute wurden aufmerksam und wir wurden gefragt um einen Auftritt während der Hockey-Pause.

Martin holte mich hie und da abends ab zum Eistanzen in Lugano. Dort gab es einmal pro Woche einen Eistanzabend. Natürlich wurde ich überall gefeiert mit meiner Technik von Jack Gerschwiler. Herr Marchesi von der High Society-Gruppe

war auch anwesend, denn er kam ja aus Lugano. Eine gesetztere, festere Dame, Frau Malagrida, konnte die Samba-Schritte tanzen, welche erst nach meiner Zeit in Winterthur aufgekommen waren. Sie zeigte mir voller Stolz diese neuen Eistanzschritte. Endlich konnte ich nach Jahren wieder etwas Neues lernen.

Einmal lud Martin mich in die Oper nach Milano ein. Leider konnte seine Frau nicht mitkommen, weil sie die beiden kleinen Mädchen nicht alleine zu Hause lassen konnte, zudem war sie hochschwanger und fühlte sich nicht sehr gut.

Ich war das erste Mal in der Scala Milano. Das war wirklich faszinierend und ich fühlte mich wie in einem Märchen, denn wir sahen das Ballett Nussknacker. Von Martin war dies ein sehr nettes Dankeschön für die erteilten Lektionen.

Später bekam ich eine Karte von Martin, dass seine Frau Zwillingen das Leben geschenkt hatte. Sie gebar zwei süsse kleine Mädchen.

Frau «Doktor» und Schwägerin

Meine Unterkunft hatte ich im Haus des Bruders meines Chefs. Die Gemahlinnen der beiden Brüder berichteten sich gegenseitig, was sie bei mir zu sehen glaubten.

Am ersten schönen, warmen Frühlingsabend kamen nur wenige Patienten und deswegen konnte ich zur normalen Zeit die Praxis verlassen. Ich dachte, am naheliegenden Ufer des Ticino Spazieren zu gehen und den Sonnenuntergang zu geniessen. Damit ich mich wohler fühlte, zog ich eine weisse Hose an und ging übers Feld zum Flussufer. Es war ein wunderschöner, warmer Abend. Bei meinem Spaziergang träumte ich von verschiedenen Operetten und sang deren Lieder bis es dunkel wurde.

Als ich am andern Morgen in die Praxis kam, erwartete mich Frau «Doktor» und schimpfte. «Was fällt Ihnen ein, sich sexy anzuziehen und auf die Pirsch zu gehen. Sie müssen gar nicht so unschuldig tun. Meine Schwägerin hat mir alles erzählt.»

Ich fiel wie aus allen Wolken des Himmels herunter. Aber schliesslich gab ich auch wütend zur Antwort. «In meiner Freizeit darf ich auch Hosen tragen, ob Ihnen dies gefällt oder nicht. Zudem ging ich einfach spazieren und nicht wie Sie sagen auf die Pirsch.»

Hingegen liess Frau «Doktor» nicht los und hielt mir eine Predigt von vollen zwei Stunden. Einige Patienten, die dementsprechend lange warten mussten im Wartzimmer, hatten sicher etwas mitbekommen von Frau «Doktors» Geschrei.

Am Abend ging ich zur Schwägerin, um mit ihr über diese Angelegenheit zu sprechen. Sie antwortete mir: «Ich möchte niemanden in meinem Haus, die den Männern nachläuft und spät nach Haus kommt. Zudem sind wir verantwortlich, wenn Ihnen etwas zustösst. Sie sind viel zu jung, um schon nachts fortzugehen. Als ich so jung war, musste ich um acht Uhr abends zu Hause sein.»

Entsetzt probierte ich ihr zu erklären, dass ich mich dem Frühling zuliebe umgezogen hatte und den Abend einfach für mich geniessen wollte. «Wegen dem zu jung sein: Darf ich fragen in welchem Alter haben Sie geheiratet?»

Stolz gab sie mir zur Antwort: «Mit 27 Jahren.»

Darauf konnte ich ihr nur sagen, dass ich mich in diesem Fall beeilen müsse, denn in ein paar Monaten würde ich bereits 27 Jahre zählen.

Daraufhin erschien Herr Serena, der sich um die Ecke auch im Wohnzimmer befand. Er stoppte seine Frau, auf diese Art mit mir zu diskutieren. Ich hatte eine riesige Wut über diese beiden blöden Ehefrauen und ging hinauf in mein Zimmer.

Auto

Nun kaufte ich mir ein Auto, einen kleinen Sportwagen NSU Prinz. Papa zahlte mir sogar die Hälfte daran. Nun konnte ich über die Berge zu meinen Eltern fahren und musste nicht mehr mit der Bahn den grossen Umweg über Zürich machen. Zwar war damals der San Bernardino Tunnel noch im Bau und die Strasse führte über den Pass. Oder ich konnte

über den Passo di Lucomagno, der weniger befahren wurde wegen den schlechten Strassenverhältnissen, dafür eine sehr schöne Route ist. Mit meinem Auto war ich in drei Stunden bereits am Bodensee, wobei die Bahn alleine für die Fahrt fünf Stunden benötigte.

Familie Brenn

Frau Brenn ist eine Dame der High Society und war in meiner Eistanzgruppe. Sie war die einzige, die mir half, mich in Bellinzona bekannt zu machen. Herr Brenn war Postdirektor vom ganzen Tessin und italienisch Graubünden. Frau Brenn lud mich für den folgenden Sonntag zum Mittagessen ein und sagte: «Falls Sie Lust haben am Sonntagmorgen den Markt in Cannobio in Italien zu besuchen, würde mein Mann Sie zuhause abholen.»

Natürlich war ich begeistert über solch eine tolle Abwechslung.

Wie verabredet holte mich Herr Brenn pünktlich ab. Er kam nicht mit seinem Familienauto, sondern mit dem rassigen roten Kabriolett, welches er seiner Frau Gemahlin geschenkt hatte. Die Fahrt dem See entlang war sehr schön. Auch störte mich die lange Autokolonne, die sich nur im Schritttempo vorwärtsbewegte vor der italienischen Grenze überhaupt nicht, wegen der bezaubernden Landschaft. Auch war es ja ganz angenehm im offenen Sportauto zu sitzen.

Herr Brenn suchte in Cannobio immer antike Sachen oder Seidenartikel, was in Italien viel billiger war. Auch Goldwaren konnte man im Laden günstiger kaufen. Herr Brenn erklärte mir so viel Neues. Dank ihm durfte ich dies alles kennenlernen.

Zurück in Bellinzona hatte Frau Brenn in dieser Zeit das Mittagessen zubereitet und erwartete uns mit einem Aperitif. Die Tochter wurde mir vorgestellt, die im Gymnasium studierte, und der kleinere Sohn der erst elf Jahre zählte. Der älteste

Sohn war bereits verheiratet, dessen Mutter leider sehr früh gestorben war. Frau Brenn, die dritte Gattin von Herrn Brenn, war nun eine ideale Stellvertreterin, als Stiefmutter der beiden kleineren Kinder. Sie war natürlich viel jünger, aber eine sehr weise und liebenswürdige gute Frau und Mutter. Sie alle nahmen mich liebevoll auf, was sonst bei den Tessinern nicht so üblich ist, besonders nicht mit Deutschschweizern. Am Abend begleiteten mich Frau und Herr Brenn nach Hause.

Am andern Morgen, als ich in die Praxis kam, erwartete mich Frau «Doktor» wieder und schimpfte. «Das geht nicht, dass Sie als Arztgehilfin, sich wie eine Hure benehmen und sich mit grauhaarigen Männern herumtreiben. Die Patienten haben sich sogar beschwert.»

Wieder durfte ich für zwei Stunden diesen Blödsinn anhören, obwohl ich vermutete, dass nur die Schwägerin gesehen hatte, als Herrn Brenn mich abholte. Sie wurde einfach eifersüchtig deswegen.

Mein Chef bemerkte, dass ich geweint hatte und fragte mich weswegen. Dann tröstete er mich mit den Worten: «Wissen Sie, Fräulein Schmid, das sind nur die verheirateten Frauen, die auf die ledigen Damen eifersüchtig sind und sich dann eine Geschichte ausdenken, die sie selber gerne für sich gehabt hätten.»

Nun hatte ich genug und suchte mir eine kleine Wohnung.

Marchesi und Freunde

Wieder war es Frau «Doktor» langweilig. Da keine Patienten warteten, lud sie mich zum Kaffee in die Wohnung ein, damit sie mir erzählen konnte. Sie war Präsidentin von Pro Grigioni Italiano (Graubündner im Tessin), das ist eine Organisation für Künstler, die Konzerte, Ausstellungen und Vernissagen organisierte. Natürlich gehören diese Leute auch zur gehobenen Gesellschaft. Herr Dr. Serena war sogar befreundet mit dem bekannten Maler Herr Giacometti, von welchem er jede Weihnacht eine Lithographie bekam.

Der weltbekannte Pianist Arthur Rubinstein kam auch auf Besuch zu Serenas. Klar, auch der grosse Maler Giacometti und diverse andere Künstler waren im Hause Serena eingeladen. Es versteht sich, dass Frau «Doktor» so stolz war, bei diesem Renommee. Auch für mich war es gut in so einem Haus zu arbeiten. Wenn Frau «Doktor» von diesen Persönlichkeiten erzählte, war es für mich natürlich faszinierend.

Aber was ich nicht verstehen konnte: Herr Marchesi von der Eistanzgruppe, der gehörte auch zur Pro Grigioni Italiano und war ja nur ein gewöhnlicher Postangestellter, wie ich später von anderen erfahren hatte. Dieser Mann war mir gar nicht sympathisch. Er hatte eine lange Nase, die auf dem Eis immer tropfte, zudem kam er immer ganz nahe heran, wenn er mit mir sprach. Auch konnte er nicht gut Eislaufen, oft stolperte er und fiel auch manchmal zu Boden. Doch was ich absolut nicht verstand, Frau «Doktor» war voll begeistert von ihm und vermutlich noch verliebt. Sie konnte stundenlang von ihm erzählen und jeden Tag mit ihm telefonieren. Das ist doch absurd. Dies war vermutlich auch der Grund, wieso sie sich so Hiobs-Gedanken über mich machte.

Vollmond

Carlotta war ein älteres Mädchen gegen die Fünfzig. Sie war noch am Putzen in der Praxis, als ich ins Büro eintrat. Ich merkte, dass etwas nicht in Ordnung war und fragte sie, was mit ihr los sei. Dann flüsterte sie mir zu: «Frau ‹Doktor› schimpft wieder ungerechterweise. Alles was ich tue und mache ist falsch. Vor lauter Nervosität habe ich noch einen Teller fallenlassen. Sie können sich's denken, wie die Hölle losging.»

Die arme Carlotta. Sie staubte das Telefon ab und soeben klingelte es. Sie antwortete. Ein Patient wollte irgend etwas

Besonderes. Schliesslich verabschiedete sie sich und legte den Hörer auf indem sie sagte: «Basa mi chap.»

Ich wollte wissen was das heisst. Das wollte Carlotta mir nicht sagen, weil es sich nicht ziemt. Jedoch wollte ich es erst recht wissen, im Falle ich es von jemandem anderen hören würde. Da flüstere sie: «Das ist ein schlimmer Tessiner Dialekt und auf Italienisch heisst es, bacia mi culo.» (Küsse meinen Arsch.)

An einem Morgen als ich die Laboruntersuchungen machte, kam Frau «Doktor» hereingestürmt, drückte wie eine Verrückte am Fensterhebel, um diesen in die waagrechte Stellung zu bringen und sagte: «Da sieht man wie schlampig Sie sind, nicht einmal den Fensterhebel können Sie ganz drehen.»

Klar ich hatte gesehen, welche Kraft sie brauchte, bis dieser Hebel wirklich in der Waagrechten war. Besser ich sage nichts und für was schon, ihr Mundwerk ist sehr schwierig zu stoppen. Doch es tat so weh, ungerecht beschimpft zu werden. Frau «Doktor» schimpfte mit Vorliebe und wiederholte immer wieder dieselben idiotischen Sätze, bis zum Mittagessen, als Carlotta eintrat. Dann schimpfte sie weiter mit ihr, weil Frau «Doktor» sich gestört fühlte. Voller Angst sagte Carlotta nur: «Das Mittagessen steht auf dem Tisch.»

Arme Carlotta!

Mit der Zeit merkte ich, dass bei Vollmond irgend jemand hinhalten musste bis dieser weinte. Ja, einmal sah ich sogar, dass sie es fertigbrachte, meinen Chef zum Weinen zu bringen indem sie ihn als unfähigen Arzt und Waschlappen hinstellte. Dabei war Dr. Serena ein sehr beliebter und verantwortungsvoller Arzt. Seine Praxis war die bekannteste, von ganz italienisch Graubünden, Ticino und bis hinunter nach Mailand. Diese Frau war so schrecklich!

Schwimmbad Bellinzona

Als ich in Bellinzona arbeitete, ging ich die ganze Badesaison ins Schwimmbad, ausser bei Regenwetter. Ich hatte eine Kabine, wo ich meine nasse Badehose zum Trocknen aufhängen konnte, und ich brauchte nur frische Tücher und Picknick mitzunehmen. War das Wasser kalt, so schwamm ich schnell hin und her und rubbelte mich mit dem Frottiertuch warm. Wir waren ein kleines, gleichgesinntes Grüppchen, das sich jeden Tag im Schwimmbad traf. Nach dem Bad setzten wir uns zusammen, um unser Picknick zu schmausen.

Mit der Sekretärin vom Anwalt verstand ich mich gut. Ich sah, wie sie in eine riesengrosse Feige biss. Nun aber aufgepasst, der Akzent muss sitzen und dann sagte ich: «Oh che grande ‹figge› che c'è lei.»

Was für ein Gelächter. Ich entschuldigte mich und sagte: «Ich passte doch sehr gut für die Betonung auf. Was ist nun falsch dabei?»

Nun lachten sich alle sogar Tränen und konnten kaum aufhören mit Lachen. Endlich versuchte meine Freundin mir unter extremem Lachdruck zu erklären: «Eine Frucht heisst ‹figgo› und ist männlich und hat nichts mit der Betonung zu tun. Den weiblichen Ausdruck verwendet man nur im Dialekt und der heisst etwas ganz anderes.»

«Ach, endlich kann ich es verstehen. Bin ich froh, dass mir jemand dies richtig erklären konnte. Auf diese Art kann ich es mir ganz leicht merken. Nie mehr im Leben wird mir dieser Fehler unterlaufen. Vielen Dank!»

Das Steueramt

Eines Tags war mein Chef total entrüstet, weil die Herren vom Steueramt ihm eine Busse aufhalsten. Sie waren der Meinung, er hätte den Steuerzettel nicht ehrlich ausgefüllt. Eine Unverschämtheit! Dr. Serena war viel zu ehrlich, als dass er so etwas machen konnte. Die Steuerbeamten rechneten ihm vor, dass er bei soviel Mehrvermögen dementsprechend viel, viel mehr verdient hätte als angegeben.

Aber mein Chef arbeitete praktisch täglich von morgens früh bis manchmal fast um Mitternacht. Zum Geldausgeben hatte er gar keine Zeit und deswegen stimmte es haargenau, was er auf den Steuerzettel geschrieben hatte. Aber dafür hatten die Steuerbeamten kein Musikgehör und blieben stur. So eine Frechheit!

Wenn ich an meinen Papa denke, ging es ihm doch genauso. Er war auch überaus ehrlich, aber die Steuerbeamten wollten ihm erklären, wenn er soviel Mehl verbrauchte, müsste er so und soviel mehr Brote verkauft haben, als er im Steuerzettel angegeben hatte. Total sachverständig sagte Papa: «Wenn Sie mir solch eine Rechnung machen, dann bitte ich Sie, mir zu zeigen, wie man dermassen viele Brote backen kann mit so wenig Mehl.»

Aber klar! Das sind eben nur Beamte und die haben etwas zu sagen und der Steuerzahler muss einfach bezahlen, oder er wird eingesperrt.

Aber weil mein ehrlicher Papa machtlos war, sagte er: «Das ist das letzte Mal gewesen dass ich den Steuerzettel ehrlich ausfülle. Diese Leute lehren einen, wie man sie überlisten muss.»

Von da an hatte Papa kein Problem mehr.

Pilz-Abenteuer 1964

Meine einmonatigen Sommerferien verbrachte ich teilweise bei meinen Eltern. Auch fuhren wir dieses Jahr wieder zusammen für drei Wochen nach Arma di Taggia. Dario lud mich ein mit seinem Freund Tino und dessen Freundin. Ziemlich früh am Morgen fuhren wir in die Berge. Von San Remo aus ist es eine weite Strecke bis zum Monte Mongioie, 2630 m hoch. Mit dem Topolino von Tino ging es los. Wir waren fröhlich und sangen auf dem ganzen Weg. Schon allein die Fahrt bis Colle di Nava war lang. Von dort führte eine ganz schmale Strasse durch den Nebel hinauf. Wir fuhren bis der Weg zu Ende war. Leider sahen wir praktisch nichts als Nebel. Hingegen lag vor uns eine grüne Ebene, eine riesengrosse Bergwiese. Plötzlich entdeckten wir enorm viele Pilze. Das mussten Eierschwämme sein. Wir glaubten unseren Augen nicht, so eine riesig grosse Fläche voll von Eierschwämmen zu sehen. Also heran und profitieren, sagten wir. Dies wird ein gutes Essen für morgen geben, und wir nehmen gleich genügend mit zum Trocknen. Somit werden wir für lange Zeit einen guten Vorrat haben.

Wir füllten den Kofferraum und legten so viele Pilze hinein wie Platz hatten. Trotz dieser Menge, die wir abgeräumt hatten, sah man kaum eine Leere von Pilzen. Es war unverständlich.

Nun machten wir uns wieder auf den Weg hinunter gegen den Colle di Tenda. Glücklich über unsere Errungenschaft, mit welcher wir überhaupt nicht gerechnet hatten, plauderten wir miteinander und Dario sagte: «Zur Sicherheit bringen wir die Pilze morgen zur Kontrolle.»

Auf einmal fing Tino an zu lachen und sagte: «Wir Idioten! Was passiert, wenn wir mit so vielen Pilzen ankommen? Und dann was, wenn die alle giftig sind? Das sind sicher keine essbaren Pilze, sonst gäbe es doch nicht diese ungeheure Menge.»

Dario lachte und sagte: «Klar, wie blöd können wir nur sein. Stell dir vor, wie die auf der Kontrolle uns auslachen, wenn wir mit so vielen giftigen Pilzen ankommen, in der Meinung, wir hätten den grossen Fang gemacht. Wie blöd müssen wir sein. Aber was machen wir nun?»

Bereits fuhren wir auf der Strasse vom Colle di Tenda die Schlucht hinunter. Da sagte Dario plötzlich: «Komm wir schmeissen den grössten Teil der Pilze in diese Schlucht hinunter, dann müssen wir uns weniger schämen, und erzählt niemandem davon, aber sicher.»

So geschah es und schon waren die meisten Pilze entsorgt. Fröhlich fuhren wir des Weges weiter und sangen unsere Lieder.

Am nächsten Morgen gingen Tino und Dario mit gemischten Gefühlen zur Pilzkontrolle. Der Mann schaute ganz verblüfft diese grossen Exemplare an und fragte schliesslich: «Wo in aller Welt habt Ihr so etwas gefunden?»

Darauf hätten beide beschämt geantwortet, sie hätten eben zu wenig Kenntnisse. Wenn es weit oben auf dem Berg tausende solcher Exemplare gibt, würden sie vermutlich giftig sein. Trotzdem hätten sie diese Pilze mitgenommen in der Hoffnung, es könnten eventuell essbare sein. Nun möchten sie, dass diese Pilze geprüft werden. Dann fragte der Prüfer: «Wo in aller Welt ist dieser Platz?»

Die beiden Burschen hätten ihm genau erklärt, wo es gewesen war. Danach sagte dieser Kontrolleur: «Wisst Ihr, das sind die besten Pilze die es gibt, Ihr habt sehr viel Glück gehabt.»

Oh, vielen Dank hätten die beiden Burschen gesagt, wie gut, dass wir die Pilze essen können. Aber dann schauten sie sich gegenseitig an und trauerten über die weggeworfenen Pilze.

Leider gingen den Beiden erst in diesem Moment die Augen auf. Sie waren sehr erbost über sich selber, weil sie das Geheimnis dieses Platzes verraten hatten. Klar fanden sie in Zukunft kein einziges Mal mehr Pilze dort oben auf der Wiese.

Leukämie

Bei einem Blutstatus stellte ich eine akute Leukämie fest. Eines Tages rief mich der Arzt und fragte: «Fräulein Schmid, erinnern Sie sich noch an die akute Leukämie vor einigen Wochen? Es war eine erwachsene Frau, normalerweise bekommen nur Kinder die akute Leukämie. Ich musste diese Frau sofort ins Spital überweisen. Dort stellte man fest, dass es Malaria war und sie schimpften über meine untaugliche Laborantin.

Wissen Sie, Fräulein Schmid, dass man sogar eingesperrt werden kann, wenn diese Frau wegen unzuverlässiger Analyse stirbt? Erinnern Sie sich noch an jenen Untersuch?»

Mir wurde es bang und ich erklärte ihm: «Ja, Herr Doktor Serena, das ist mir klar, dass man sogar eingesperrt werden kann, aber es kann kaum möglich sein, weil das Blutbild toxisch war, machte ich dreimal die Analyse und kam jedesmal auf das genau gleiche Resultat, zudem sieht Malaria doch anders aus.»

Mein Chef sagte: «Heute bekam ich vom Berner Spital einen Brief, dass diese Frau gestorben sei. Mit der richtigen Behandlung hätte man diese Frau retteten können.»

Mir wurde es ganz übel. Das konnte ich nicht glauben.

Dann fuhr Herr Doktor fort: «Im Spital hier wurde sie gegen Malaria behandelt, aber ihr Zustand wurde immer schlimmer, sodass man sie als Notfall per Helikopter ins Universitäts-Spital Bern befördern musste. Dort stellte man fest, dass diese Frau eine falsche Behandlung bekam und dies deswegen zum Tode geführt hatte. Die genaue Prognose war eine akute Leukämie. Fräulein Schmid ich gratuliere Ihnen, auf Sie kann ich mich verlassen.»

Umberto

Ein Patient kam zu uns in die Praxis. Er brauchte eine Therapie. Mein Chef sagte: «Dies ist ein Privatpatient, der mehr als genug Geld hat, schreiben Sie den doppelten Preis von der Krankenkassen-Position auf, er will sowieso etwas Spezielles.»

Also empfing ich diesen Herrn, ein grossgewachsener, gut aussehender Mann mit graumelierten Haaren, das Alter gegen vierzig Jahre, ein netter Herr. Aber er war sich dessen auch bewusst und versuchte gleich mit mir ein Rendezvous zu vereinbaren. Ich bin ja bei der Arbeit und da bin ich die Arztgehilfin und alles andere gehört nicht in die Praxis, deswegen stellte ich mich taub. Zur Therapie musste dieser Herr zehn Mal erscheinen.

Er wollte nicht begreifen, dass eine Frau seiner Einladung nicht Folge leistet, darum wollte er mich am zweiten Tag überlisten und am dritten Tag war er bereits entsetzt über meine Absage. Dann dachte ich mir, er hätte genug von meinen Ablehnungen, aber nein, er lud mich auch am vierten Tag ein, obwohl es klar war. Ich erklärte ihm: «Hier mache ich meine Arbeit und das Private ist draussen.»

Aber klar, er hatte vermutlich doch gemerkt, dass ich etwas Sympathie für ihn empfand. Da dachte ich für mich, wenn dieser Herr im Stande ist und mich zehn Mal auffordern will, um mit ihm auszugehen, dann erlaube ich mir, seine Einladung anzunehmen. Aber erst wenn die Krankengeschichte abgeschlossen ist.

Hingegen war mir klar, dass er sich so etwas sicher nicht antun würde und mich stimmte dies etwas traurig, denn ich musste und wollte immer «nein» sagen.

Dieser Herr, dem sicher viele Frauen zuflogen, musste gespürt haben, dass etwas in mir vorging, denn tatsächlich hatte er mich zehn Mal eingeladen. Unglaublich! Also muss es ihm sicher Ernst sein, oder hatte er dann einfach gewonnen?

Beim ersten Rendezvous merkte ich, dass Umberto sehr gebildet war und auch gut Deutsch sprach, weil er an der Universität in Zürich studiert hatte. Es war sehr interessant mit ihm auszugehen. Ich verbrachte mit ihm einen wunderschönen Abend. Umberto lud mich für einen weiteren Abend zum Nachtessen ein. Dieser Abend war ebenfalls sehr harmonisch. Er machte mir Komplimente und wir tauschten etwas Zärtlichkeit aus. Dann brachte er mich wieder wohlbehalten nach Hause.

Am Samstag wollte er mich seinen Freunden vorstellen. Und zwar in der Wohnung von seinem Freund, der auch mit Freundin anwesend war. Aber die beiden kamen mir eher etwas schleimig vor. Natürlich waren auch diese Leute sehr reich und dementsprechend ihre legere Mentalität und Einstellung zur Liebe. Ich zeigte, dass mir dies nicht angenehm war und wollte sehr bald wieder nach Hause. Auf dem Heimweg machte Umberto an einem dunklen Plätzchen halt, um zu liebkosen. Dann meinte er, ich wäre die Frau, die er suche. Dies schmeichelte mir sehr und ich fing an mit Giancarlo zu vergleichen.

Als ich wieder bei Familie Brenn eingeladen war, erzählte ich Frau Brenn von meiner neuen Bekanntschaft. Sie war total erstaunt und sagte: «Was! Umberto, aufgepasst, dieser Frauenheld. Man nennt ihn nur den Bell Umberto. Aber der ist doch nicht mehr frei. Seine Verlobte ist im Moment in Deutschland, um Deutsch zu lernen und für Weihnachten kommt sie nach Hause.»

Nun war ich aber froh, dass ich ihr von meiner Bekanntschaft erzählte und würde Umberto zur Rede stellen.

Weihnachtsgeschenk

Beim nächsten Rendezvous fragte ich Umberto, was er nun im Sinn habe. Ich hätte gehört, dass er bereits verlobt sei. Dann gab er mir zur Antwort: «Ja das stimmt schon. Am Anfang hatten wir uns auch geschrieben aber das verlief so langsam im Sand und ich bestätige dir, dass du mir viel besser gefällst.»

Nun wusste ich nicht mehr, was ich glauben sollte, aber es war ja schon bald Weihnachten und dann würde diese Frau wieder im Land sein. Meine Gedanken gerieten in ein Durcheinander und auch meine Gefühle, deswegen sagte ich zu ihm: «Schau, wir werden uns nun nicht mehr sehen, bis deine Verlobte wieder in Deutschland ist. Dann musst du dich entscheiden was du machen willst, es könnte sein, dass durch das Wiedersehen eine ganz andere Sachlage entstehen könnte.»

Umberto war überzeugt, dass dem nicht so sei und mit der Verlobten wäre alles vorbei.

Die Woche darauf kam er in die Praxis und brachte mir ein Weihnachtsgeschenk. Er schenkte mir eine LP mit der Musik von Tschaikowsky «Der Nussknacker». Er konnte sich erinnern, dass mir der Blumenwalzer so gut gefällt. Es war eine sehr nette Geste von ihm.

Silvester 1964

Dieses Jahr sollte Giancarlo fertig werden mit seinem Studium, aber leider hatte er es nicht ganz geschafft und musste nun das letzte Semester wiederholen. Also warteten wir bis im Frühjahr. Die Hauptsache ist, dass wir uns ganz innig lieben und deshalb auch warten können. Dann hatte Giancarlo im Sinn, sich eine Stelle in der Gegend von Mailand und der Schweiz zu suchen, damit wir uns regelmässig sehen und uns näher kennenlernen werden.

Es war Dezember und der Silvester fiel auf den Donnerstag. Dies gab mir die Möglichkeit, vier Tage frei zu machen bis Montag. Da ich im Tessin arbeitete, beschloss ich, für meine freien Tage südwärts bis nach San Remo zu fahren. Wie immer machte ich den Halt in Finale Ligure. Als ich beim Dancing-Eingang parkierte traf ich Giancarlos Vater. Er telefonierte ins Haus nebenan, wo die Wohnung ist, um seine Frau zu bitten ins Dancing zu kommen. Wir gingen der Mutter entgegen. Schon kam sie daher mit einem riesigen Panettone. Sie nahm mich in ihre Arme, drückte mich fest und fing an bitterlich zu weinen.

Nun wusste ich, irgend etwas war passiert mit Giancarlo. Endlich rückte sie zögernd heraus: «Ein Mädchen, das er schon lange kennt, erwartet ein Kind von ihm. Er muss sie heiraten.»

Zu allem Unheil sagte der Vater zu mir: «Von nun an dürfen Sie Giancarlo nicht mehr sehen.»

Ich war dermassen schockiert, aber ich probierte es nicht zu zeigen. Gekränkt erwiderte ich: «Ach ich habe sowieso schon einen sehr guten Verehrer.»

Danach verabschiedete ich mich und reiste weiter, aber nur bis zu einer Stelle, wo ich mich so richtig ausheulen konnte. Sieben Jahre hatte ich vergebens gewartet und gehofft.

Endlich konnte ich mich wieder beruhigen und atmen, dann fuhr ich weiter nach Arma di Taggia.

Arma di Taggia

In Arma di Taggia angekommen wollte Darios Mutter, dass ich auf keinen Fall alleine im Hotel sei, sondern sie hätten genügend Platz für mich, und es sei viel schöner die Tage zusammen zu verbringen. Darios Mutter war eine sehr tüchtige Frau, die früh am Morgen schon Teig für Nudeln und Ravioli machte. Auch die Tomatensause wurde bereits gekocht, während wir frühstückten. Dario und seine Mutter verwöhnten mich mit frischgebackenen Brötchen. Nach dem Frühstück durfte ich der Mutter zusehen, wie sie den Teig durch eine Maschine liess, mit der einen Hand drehte sie und mit der anderen Hand zog sie die langen Nudeln heraus. Den zweiten Teil der Teigmasse wallte sie auf dem Tisch aus, dann setzte sie viele kleine Häufchen gehacktes Fleisch in Reih und Glied auf die eine Hälfte des Teigs. Mit der anderen Hälfte des ausgewallten Teigs bedeckte sie diese Häufchen. Anschliessend schnitt sie mit einem gewellten kleinem Rädchen, genau zwischen den bedeckten Fleischhäufchen durch und so entstanden die Ravioli. Diese wurden dann an die Sonne gestellt zum Antrocknen. Nun war ich gespannt auf das Mittagessen. Ach wie herrlich schmeckten mir diese frisch gemachten Ravioli. Zum Nachtessen gab es die Nudeln. Ich hatte meiner Lebtag noch nie so gute Nudeln gegessen wie diese von Darios Mutter.

Normalerweise ist es nicht so kalt an der Riviera, aber genau in jenem Jahr lag der Schnee bis weit in die Niederung. Die Winter am Meer sind normalerweise mild und deswegen braucht es keine Heizung. Hingegen, damit ich nicht fror, stellten sie mir einen kleinen Ofen vor meine Füsse. Für die Nacht hatte ich Angst im Bett zu frieren, weil sie keine Federdecken haben. Aber zu meiner Überraschung war es angenehm warm mit drei schweren Wolldecken.

Am Neujahrsmorgen gingen wir in die Kirche. Nach der Messe trafen wir unsere Freunde. Alle zusammen kehrten in der Bar ein für einen Espresso. Dario und ich wurden bei einem Freund zum Mittagessen eingeladen. Zum Kaffee erschien eine ganze Schar Kameraden. Sie wollten in die Hügel hinauffahren, weil einmal bis weit hinunter Schnee gefallen war. Darum wollten sie eine Schneeballschlacht veranstalten.

Heimfahrt

Am Sonntag musste ich mich wieder auf den Heimweg machen, zwar ziemlich früh, weil es im Winter schnell dunkel wird, und bis in die Schweiz sind es etliche hundert Kilometer.

Am Morgen besuchten wir den Gottesdienst. Anschliessend ging es wieder in die Bar mit unseren Freunden zum Aperitif. Danach waren Dario und ich bei einer Familie eingeladen zum Mittagessen. Wir waren 16 Personen, alle an einem ausgezogenen Tisch. Ich weiss nicht, wie sie das geschafft hatten. Ob vielleicht jeder etwas mitgebracht hatte und man dieses Essen aufwärmte? Denn im Ganzen gab es 15 Gänge und das dauerte bis sechs Uhr abends. Ich wollte doch um vier Uhr spätestens wegfahren. Aber Dario organisierte, dass ich in Milano bei seiner Schwester übernachten konnte und dann am Morgen direkt zur Arbeit weiterfahre.

Also wurde es acht Uhr abends, bis ich endlich meinen Weg antrat. Auf der engen Strasse entlang der Riviera fuhr mir ein Topolino vor und dann fuhr er extra langsam vor mir dahin. Kurz danach kam ein zweiter Topolino der ebenfalls das Gleiche machte. Dies wiederholte sich mit einem dritten, vierten, fünften, sechsten und siebten Topolino. Ich kam nach Savona und als ich aus der Stadt heraus war und wieder auf einer unbewohnten Strecke fuhr, wiederholte sich diese komische Vorfahrerei mit lauter kleinen, weissen Topolinos. Nun bekam ich es mit der Angst zu tun. Dann machte ich im nächsten Dorf einen kleinen Umweg, als würde ich dort wohnen. Das hatte geklappt und ich konnte ruhig weiterfahren bis Genua, wo ich ein kleines Geschäft zu erledigen hatte und in einem Restaurant einkehrte.

Mein Auto hatte ich in einer Ecke auf dem Parkplatz parkiert und als ich herauskam stand ein anderes Auto quer hinter meinem. Ein Mann kam auf mich zu und wollte wissen, was ich als Frau alleine mache. Dummerweise sagte ich ihm, dass ich nach Milano müsse. Da sagte er: «Ich bin auch auf dem Weg nach Milano.»

Ausgerechnet ihm gehörte das falsch parkierte Auto. Da dachte ich mir, ich könnte vielleicht so tun, als hätte ich gar keine Angst und würde ohne Weiteres mit ihm gehen, aber nur um den schnellsten Weg zur Autobahn zu finden. Danach kannte ich mich ja gut aus und ich würde mit meinem Sportauto, mit dem ich um die Kurven rasen kann, diesen Mann abhängen. Extra langsam fuhr ich hinter ihm her bis zur Autobahnkasse, wo ich mir die kleinste Kolonne aussuchte und hielt mein Geld schon bereit. Danach fuhr ich wie eine Verrückte den Berg hinauf und durch die zwölf Tunnels.

Es war schon halb Zwölf, als ich in Milano ankam. Bei einer Strassenkreuzung musste ich nach dem Weg fragen. Da stieg aus dem Auto hinter mir genau dieser Mann aus und wollte mir den Weg persönlich zeigen. Er sagte, dass er ganz in der Nähe wohne und offerierte mir vorzufahren. Weil es Nacht war und ich mich nicht auskannte, probierte ich wieder diesem Mann zu folgen. Da plötzlich wusste ich, wo ich war und parkierte, nahm meine Sachen und ging zum Tor des Häuserblocks. Aber auch dieser Mann parkierte, stieg aus, begleitete mich bis zum Tor und lud mich zu einem Drink ein. Das Tor war jedoch verschlossen, nicht einmal eine Klingel konnte ich finden. Auch kein Portier war zu sehen. Ich zitterte vor Angst, deshalb rief ich ganz verzweifelt in den Hof hinein «Lilliana». Diesem Mann war es recht, weil er versuchte, mich in eine Bar zu locken. Ich hatte solch eine Angst, und damit er mir nichts antat, tröstete ich ihn mit den Worten: «Zuerst muss ich meiner Freundin sagen, dass ich gut angekommen bin und erst dann kann ich in Ruhe mit Ihnen in die Bar gehen.»

Aber er wollte mir natürlich nicht glauben, ich musste es ihm felsenfest versprechen und deswegen sagte ich: «Ich habe mich bereits vier Stunden verspätet und jetzt könnte es gut sein, dass meine Freundin mich bereits per Polizei sucht. Verstehen Sie das?»

Gott sei Dank! Endlich erschien Lillianas Freund und öffnete mir das Tor. Er führte mich durch den Hof, welcher von drei grossen Häuserblocks umringt ist. Auf dem Weg erzählte er mir, dass er die ganze Zeit auf und ab ging, weil er gesehen hatte, dass der Portier abgeschlossen und Feierabend gemacht hatte. Ich erzählte ihm meine Geschichte und zitterte immer noch vor Angst. Dieser Mann, der mich begleitete, würde sicher noch lange auf mich warten. Auch könnte es sein, dass er etwas am Auto machen könnte, um mich am Fortfahren zu hindern. Oder vielleicht wartete er immer noch, wenn ich am frühen Morgen wegfahre.

Aber da ich nun in guter Obhut war, wurde ich getröstet und beruhigt und bekam eine heisse Honigmilch mit einem Schluck Cognac zum Schlafen. Fünf Uhr morgens musste ich ja schon wieder aufstehen, damit ich rechtzeitig an meinen

Arbeitsplatz in Bellinzona gelangte. Weil es nass schneite und noch stockdunkel war, begleitete mich Lillianas Freund noch mit einem Regenschirm bis zum Auto. Er wollte sich vergewissern, dass ich keine Angst mehr haben musste und ob das Auto richtig anlaufe. Alles war in Ordnung und ich konnte mich glücklich verabschieden und nach Bellinzona fahren. Hingegen zitterte ich immer noch bis weit über die Grenze hinaus.

Tennis

Immer im April schliesst die Kunsteisbahn und das Schwimmbad öffnet erst ab 15. Mai. Da fing ich an Tennis zu spielen. Ich hatte wirklich Anfangsschwierigkeiten und schwer einen Tennis-Partner zu finden. Doch bei den Festlichkeiten konnte ich immer voll mitmachen. Von jungen Herren wurde ich eingeladen. Ich war aber etwas misstrauisch, besonders wenn sie in Dialekt sprachen, weil ich nicht alles verstehen konnte. Einer fragte einige Male: «Lea vien in bruega con me?»

Weil ich nicht wusste, was er damit meinte, fragte ich lieber eine gesetztere Dame, was das heissen soll. Sie lachte und sagte: «Das ist etwas Schönes. Gehe nur mit ihm.»

Von da an sagte ich jedes Mal ja. Aber nie machten wir einen Termin aus. Nur eines Tages beklagte sich einer, dass ich ja doch nie mit ihm komme. Ich konnte das auch nicht verstehen, deswegen fragte ich diesmal eine jüngere Dame, die auch Deutsch spricht, warum es so sei. Sie lachte und für sie war es klar, denn «vien in bruega con me» heisst: kommst du hinter das Gebüsch mit mir. Klar blieb ich immer schön sitzen und wartete auf etwas ganz anderes.

Leider stellte der Tennislehrer fest, dass ich den Ball nicht dort sehe, wo er ist. Er meinte, es müsse sicher ein Augenproblem sein, weil ich an der Wand perfekt spielen konnte. Alles Üben half nichts und so liess ich es bleiben.

Reiten

In der Magadino-Ebene gab es eine Reitschule. Reiten finde ich sehr faszinierend. Also schaute ich einmal hinein bei dieser Reitschule. Man zeigte mir die Reithalle und den Stall mit den verschiedenen Pferden. Auch wurde ich mehreren Personen vorgestellt, unter anderem auch einer Deutschschweizerin namens Hannelore, die ebenfalls als Arztgehilfin bei einem guten Kollegen von meinem Chef arbeitete.

Gleich meldete ich mich für den Anfänger-Reitkurs an und bezahlte im Voraus. Nun musste ich noch Reitstiefel und Hose kaufen und dann geht es los.

Hannelore hatte kein Auto und so offerierte ich ihr, wenn ich zu meinem Kurs gehe, könnte ich sie bei der Praxis abholen und sie mitnehmen zur Reitschule. Hannelore konnte jedoch schon gut reiten, aber trotzdem kam es ihr gelegen, bequem zum Reitstall zu gelangen. Langsam entstand eine Freundschaft und wir unternahmen zusammen auch andere Sachen.

Bald durfte ich ausreiten und das in der gleichen Gruppe wie Hannelore. Entlang dem Ticino-Fluss gibt es wunderschöne Fusspfade, wo wir diesen herrlichen Sport ausüben konnten.

Zwei Deutschschweizer kamen auch zum Reiten. Hannelore machte mich aufmerksam auf einen, der mich nicht mehr aus den Augen liess. Ich schaute den an, aber der gefiel mir überhaupt nicht. Das war nicht meine Masche. Zum allem Überfluss nennt er sich Müller.

Reiten und Ben Hur

Der Reitstallbesitzer hatte ein Pferd namens Ben Hur. Das Pferd wurde nicht richtig kastriert und deswegen war es sehr aggressiv. Ein Bereiter gab uns Unterricht und er war derjenige, der dieses verrückte Pferd bereiten musste. Einmal nach dem Unterricht lud er Hannelore und mich ein für einen Drink im Restaurant bei der Ticino-Mündung. Wir sollen mit dem

Auto dorthin fahren und er werde mit Ben Hur hinreiten. Im Restaurant setzten wir uns auf der Terrasse nieder. Kurz darauf kam auch schon Luis mit Ben Hur dahergeritten. Er stellte sich mit dem Pferd neben der Terrasse hin und blieb darauf sitzen. Die Terrasse war genau so gebaut, dass man vom Pferd aus sich fast so wie an einen Tisch sitzen konnte. Die Serviertochter brachte mir eine Tasse Schokolade, die sie mir über den Tisch zuschob. Ben Hur schnappte gleich danach. Ich konnte die Tasse im letzten Moment noch retten. Luis zog natürlich auch schnell wieder an den Zügeln, die er losgelassen hatte. Ich wollte Ben Hur einen Zucker geben, aber da ich Angst von diesem verrückten Pferd hatte, weil es gerne biss, sollte Luis dies für mich tun. Ben Hur beisst und schlägt aus, sogar beim eigenen Besitzer. Luis aber meinte, den Zucker solle ich selber Ben Hur reichen, mit total flacher Hand, es würde mir nichts geschehen, solange er auf dem Pferd sitze. Ich probierte mit grosser Angst und hielt die zitternde Hand mit meiner andern fest. Es klappte wirklich!

Als wir uns verabschiedeten sagte Luis: «Wenn du jetzt neben dem Vorderbein stehst, kannst du Ben Hur nochmals einen Zucker geben.»

Ich streckte die flache Hand mit dem Zucker hin und zitterte, aber als das grosse Maul von Ben Hur ganz nah war, zog ich vor Angst die Hand schnell zurück und der Zucker fiel unters Pferd.

Luis beruhigte mich und sagte: «Du musst dich nur vorne beim Bein bücken und du kannst den Zucker ohne weiteres holen, ohne dass er ausschlägt.»

Aber da jammerte ich und probierte vorsichtig den Zucker aufzulesen und da passierte es: Ben Hur spürte meine Angst und streichelte mich mit seinem Kopf. Ich war total überrascht und spürte eine Zuneigung des Pferdes. Nun war meine Angst wie weggeblasen. Eine richtige Freundschaft entstand zwischen uns beiden.

Von nun an, wenn ich die Reithalle betrat und die Leute begrüsste, machte Ben Hur sich bemerkbar polterte wie wild an die Wand und wieherte bis ich ihn begrüsste.

Der Besitzer konnte sein eigenes Pferd nicht reiten, nur Luis war der Zureiter. Da Ben Hur eine ganz besondere Beziehung zu mir hatte, sagte der Besitzer zu mir: «Wenn du einmal besser reiten kannst, bist du die Erste, die Ben Hur reiten darf.»

Da wurde ich sehr stolz und ich hoffte, dass ich bald soweit sein werde.

Viel später stritten sich leider Luis und der Besitzer ständig, sodass Luis kündigte. Ben Hur wurde von da an noch viel verrückter. Weil niemand mehr für den verrückten Gaul da war, wurde er getötet. Für mich war es sehr schmerzlich und ich trauerte richtig.

Elisa in England

Meine Freundin aus Italien, die mit mir in England im College war, ist nun mit einem Engländer verheiratet. Als sie in Norfolk wohnte, besuchte ich sie für zwei Wochen. Leider regnete es totale vierzehn Tage. So schade! Aber trotzdem war es interessant, die alten renovierten Häuser zu sehen und sich ein paar hundert Jahre zurückversetzt zu fühlen. Norfolk ist ein ganz entzückendes Städtchen.

Normalerweise regnet es gerne in Norfolk, deswegen gibt es eine Menge Teiche und Flüsse. Elisa zeigte mir per Auto die Gegend, die natürlich bei Sonnenschein viel schöner gewesen wäre. Aber Elisa und ich waren endlich wieder einmal zusammen wie früher.

Wegen dem schlechten Wetter verbrachten wir die meiste Zeit zu Hause und träumten von unserer Studienzeit in Southend on Sea. Dabei waren wir zu zweit, um auf den kleinen Sohn Michael aufzupassen. Auch begnügten wir uns, indem wir bei Regenwetter in den Läden herumschlenderten, statt mit dem Kind an der frischen Luft zu spazieren. Trotz allem vergingen diese zwei Wochen sehr schnell.

Kreuzfahrt mit Eltern 7.8.65. – 21.8.65

Meine Eltern feierten dreissig Jahre Ehe und Geschäft, indem sie eine Kreuzfahrt machten. Ich durfte mit ihnen auf die Reise und zum ersten Mal auf eine Kreuzfahrt. Wir reisten mit dem griechischen Schiff Athena von Genua aus nach Cannes, Barcelona, Palma de Mallorca, Tunesien, wo wir eine Badewoche einschalteten und dann ging es weiter nach Sizilien, Ustica, Neapel, Capri, Elba, Korsika und schliesslich zurück nach Genua.

Nach dem Einschiffen ging es der Küste entlang. Von weither konnte man den Küstenstreifen immer noch sehen. Bei Cannes blieben wir draussen im Meer vor Anker, wo man nur per Tenderboot nach Cannes konnte. Schon ging es zum Nachtessen. Die Stewards schwirrten herum und verwöhnten uns mit den besten Speisen. Dann ging ich mit meinen Eltern nochmals auf Deck, um die Lichter vom Land zu sehen und danach in unsere Kabinen zum Schlafen.

Meine Eltern hatten zusammen mit ihren Freunden eine Viererkabine gebucht. Ich durfte in eine Zweierkabine, die ich mit einer weiblichen Person teilen musste. Die Dame, mit der ich die Kabine teilte, war eine wackere, rundliche, verheiratete Frau, ihr Ehemann teilte eine Kabine mit einem anderen Herrn. Das Ehepaar hatte sich sehr spät angemeldet und da nur noch ein einzelner Herr und ich übrig blieben, musste sich das Ehepaar teilen.

Meine Bettnachbarin stellte den Wecker auf fünf Uhr morgens. Sie wollte den Sonnenaufgang sehen. Während der Nacht begann ein fürchterlicher Sturm, der viel stärker war als der normale Mistral. Vom starken Wellengang fiel der sehr grosse, runde, altmodische Wecker zu Boden, mit ratterndem

Geräusch rollte dieser von einer Wand zur andern. Auch die Türe zum Bad rutschte aus dem Schloss und schlug auf und zu. Sogar der Zahnbecher fiel aus der Vertiefung heraus und rollte auch hin und her. Das Schiff krächzte zum Zerreissen.

Dann öffnete sich leise die Türe und der Mann meiner Bettnachbarin fragte mit halb singender Stimme: «Babetli, Babetli, Babetli, bist Du schon wach?»

Ich fand dies so lustig, mir kam es vor wie in einem Volkstheater. Kaum war ich eingeschlafen, öffnete der Ehemann wieder die Türe und wieder hörte ich dieselben Worte, die mich zum Lachen brachten. Dann antwortete die Frau mit wimmernder Stimme: «Mir isch schlächt.»

Nach einer Weile wollte sie einen Nachttopf zum Erbrechen. Ich zog mein Negligé an und ging auf die Suche. Im Korridor traf ich die Kabinenstewards, die sich an der Gleitstange festhielten und sogar denen war es übel. Sie erschraken als ich daherkam. Auf meine Frage schickten sie mich zum Chefsteward. Ich landete in der Küche, wo der Küchenchef Englisch verstand und sofort einem Steward befahl, mich zurück in die Kabine zu begleiten und Papiertaschen überallhin auszuteilen.

Von meinem Suchgang wurde es mir nun auch übel. Schnell legte ich mich ins Bett, um ganz ruhig zu bleiben, damit es mir besser werden sollte. Dann ging die Türe auf und Mutti kam herein. Ihr war es so übel, aber sie wollte wissen, wie es mir geht. Ich erzählte ihr von meinem Nachtausflug. Hingegen riet ich Mutti sich nun einfach auch wieder flach ins Bett zu legen, bis der Sturm vorübergeht, was sicher das Beste wäre.

Zweiter Tag

Mein Bett ging rauf und runter und rundherum, und das Schiff krächzte und seufzte so kläglich. Sicher wird jeden Moment das Schiff in zwei Stücke zerbrechen, und dann ist es aus für immer, musste ich denken. Dabei war mein grösstes

Problem, dass niemand mein teures goldenes Armband bekommen würde, wenn ich damit auf dem Meeresgrund lande würde.

Es wurde Morgen, ich stand auf und ging zum Frühstück. Dies bekam mir gar nicht. Schnell rannte ich zur Kabine doch es reichte nicht, ich konnte mich gerade noch bei einer Öffnung übergeben.

Bald kamen wir in Barcelona an, wo wir wieder auf festem Fuss gehen konnten. Aber oha, da ging die Strasse auf und ab, als wären wir immer noch auf dem Schiff. Langsam gewöhnten wir uns wieder an den festen Boden. Als wir in der Stadt die spanischen Sachen anschauten, stand mein Kabinensteward neben mir und kaufte für mich die Kastagnetten, die mir so gut gefielen.

Nun erzählte Papa, wie er die letzte Nacht verbracht hatte. Papa lag im oberen Bett und über seiner Nase blies ein Propeller kühlende Luft herein. Mutti lag unten und konnte auch nicht mehr schlafen, weil es so dröhnte und krächzte. Also zogen sie sich an. Papa wollte auf das oberste Deck, um zu sehen wie es stürmte. Aber alle Türen und Fenster waren mit Brettern verbarrikadiert. Zum ersten Mal hatte Papa so richtig Angst. Die Wellen waren wie grosse Berge, wo das Schiff hinaufging und dann krachend kippte und hinunterstürzte ins Wellental, wo es mit der nächste Welle zugedeckt wurde. Unerhört, ein so riesengrosses Schiff!

Ich erzählte wie ich mich fühlte, und das Gefühl hatte, das Schiff würde jeden Moment in zwei Stücke zerbrechen. Daraufhin meinte Papa, das könnte nicht passieren. Hingegen vernahm ich später, dass dies schon öfters passiert war. Auch meinte man früher, es würde keine Wellen geben, die über zwanzig Meter hoch seien, hingegen musste man feststellen, dass wenn zwei Stürme zusammenkommen, können sich die Wellen sogar bis 45 Meter aufbäumen. Das ist enorm!

Mutti erzählte: Als sie von meiner Kabine wieder zurück die Treppe hinunterging, kam ihr ein fürchterlicher Gestank entgegen. Durch den Wellengang stiess die Jauche durch die Toilette nach oben und floss durch den Gang direkt in die Kabine meiner Eltern. Als Mutti die Türe öffnete, schwammen Koffer und Papas Schuhe in der Jauche herum. Auch von Muttis wunderschönem, weissem St. Galler Stickerei-Nachthemd hing das Oberteil aus dem Bett hinunter und baumelte in dieser stinkigen, braunen Sauce hin und her.

Die Freunde Walter und Frieda blieben im Bett, denn ihnen war es nicht nur vom Wellengang schlecht, sondern auch noch von dieser «feinen» Luft. Sie konnten sich drei Tage lang nicht erholen.

Tunesien

Weiter ging die Reise nach Tunesien. Glücklicherweise war das Meer nun ganz ruhig und wir konnten es so richtig geniessen. In Tunesien logierten wir im Hotel Amilcar, wo alle Persönlichkeiten absteigen, weil dieses Hotel gerade neben dem Bourguiba Palast steht. Das Nachtessen konnten wir im Garten einnehmen, wo eine angenehme Brise wehte. Plötzlich sah ich einen Waldbrand auf dem Hügel. Alle die mich verstanden schauten gespannt dem Feuer zu, welches immer grösser wurde. Aber dann nahm es eine Form an von einer Sichel und tatsächlich stieg der Mond am Abendhimmel auf.

Bald war es Zeit zum Schlafen. Als ich ins Zimmer kam, wartete für mich auf meinem Bett ein herrlich duftender Jasminkranz.

Am andern Tag ging ich mit Papa im warmen Meer schwimmen und danach gleich wieder im Hotelpool. Ein Bursche sprach mich in Englisch an und sprach auch Französisch. Er war begeistert von mir, weil ich Sprachkenntnisse hatte, gut schwimmen, tauchen und Kopfsprünge machen konnte. Es war der Sohn vom Belgischen Botschafter. Die meiste Zeit wohnte er mit seinen Eltern in diesem Hotel.

Am Abend war Tanz und mit diesem jungen Mann konnte ich so richtig austoben beim Rock'n'Roll tanzen. Für die Standardtänze wurde ich von einem gesetzteren, galanten Herrn aufgefordert, der ebenfalls sehr gut tanzen konnte. Auch dieser Herr machte mir den Hof. Papa war vor allem von dem gesetzteren Herrn, dem Engländer begeistert, der Direktor bei der BBC London war. Obwohl ich schon achtundzwanzig Jahre auf dem Buckel hatte, fühlte ich mich zu jung für ihn und für den anderen, noch Student, fühlte ich mich zu alt.

In Tunesien besuchten wir die Sehenswürdigkeiten, das Dorf mit nur weissen und blauen Farben, Sidi Bou Said und dann den bekannten Markt. Wir fünf wurden von einem Araber in sein Haus zum Araber-Tee eingeladen, welchen er uns auf dem Dach servierte. Oben auf der Dachterrasse gab es ein Harems-Fenster und schöne Bögen, unter welche wir uns hinsetzten. Dann brachte dieser Araber einen Tunesienschleier für mich und zeigte mir, wie man diesen umlegt. So konnte ich einmal Haremsdame spielen. Danach wollte er uns unbedingt persönlich zurück zum Hotel führen. Am andern Tag besuchte er uns und machte Papa folgenden Vorschlag: Er möchte die Tochter für fünfzig Kamele kaufen. Papa standen die Haare zu Berge und er sagte ihm: «Tut mir leid. Ich werde meine Tochter auch nicht für tausend Kamele verkaufen, sie ist unverkäuflich.»

Kreuzfahrt bis Genua

Die Woche war vorüber und es ging wieder per Schiff Richtung Europa. Wir hatten Glück, denn das Meer blieb ruhig. Auf diesem weiten Weg gab es einen Seetag, den ich am Pool verbrachte. Ich zeigte den Kindern wie leicht das Schwimmen ist und bald sammelte sich eine ganze Schar um mich herum. Zwei Mädchen waren unermüdlich, denen ich den Kopfsprung beigebracht hatte.

Am Abend war Karneval. Viele Leute beschäftigten sich mit den Vorbereitungen. Ich machte mir keine grossen Gedanken, doch dann überlegte ich: In Spanien schenkte mir mein Kabinensteward Kastagnetten, da könnte ich eine Art Spanierin spielen. Ich könnte mein buntes Kleid anziehen, welches Picasso ähnlich bedruckt und mehr als tellerweit gefaltet ist. Also ging ich in die Kabine und probierte es aus. Die Haare kämmte ich so, dass ich einen feinen rosa Schleier darüber hängen konnte, so wie die Spanierinnen ihre Manta über den Kamm hängen. Dazu, so gut ich interpretieren kann, spanisch zu tanzen und mich damit zu amüsieren.

Eine Dame hatte ein richtig schönes, spanisches Kleid und sie machte beim Wettbewerb mit. Ich aber wollte einfach sonst mitmachen und mich amüsieren. Als nun die Preisverteilung war, fragte der Kapitän nach meiner Nummer. Ich hatte ja keine, aber zu meiner Überraschung bekam ich den ersten Preis, weil ich mich nicht nur spanisch gekleidet hätte, sondern auch mich spanisch präsentierte.

Mutti hörte per Zufall, wie sich die Mutter der anderen spanisch gekleideten Dame empörte, weil ihre Tochter eine perfekt gekleidete Spanierin war.

Wir kamen in Sizilien an, wo wir eine Stadtbesichtigung hatten. Der Dom in Palermo ist aussergewöhnlich schön. Weiter ging die Fahrt nach Ustica, anschliessend Capri, wo wir die Bootsfahrt in die blaue Grotte unternahmen. In Neapel machten wir den Ausflug zum Vesuv, von dem ich einen schwefelhaltigen Stein mitgenommen hatte. Weiter besuchten wir die kleine, schöne Insel Elba. Anschliessend Korsika, wo wir das Haus von Napoleon besuchten. So ging die Reise langsam zu Ende.

Von der Crew wurde ich verwöhnt. Ein Chefsteward, welcher immer um mich herumschwirrte, gefiel mir besonders gut, sodass ich Schmetterlinge im Bauch bekam. Dafür schrieb er in mein Polybüchlein einen Spruch mit ΣΟΜΑΤΙΟ! Das muss heissen, Zusammengehören. Beim Aussteigen wartete zu meiner Überraschung der Kapitän auf mich. Er wollte sich bei mir persönlich verabschieden und sich bedanken, mich als Gast auf dem Schiff gehabt zu haben, aber ganz speziell, dass ich seinen beiden Töchtern den Kopfsprung beigebracht hatte. Nun fühlte ich mich wie im siebten Himmel, so hoch verehrt zu werden.

Gianni Trog

Per Zufall lernte ich einen Mann kennen, der auch schon etliche Jahre auf dem Buckel hatte, ich denke so um vierzig herum. Für mich viel zu alt, aber er bemühte sich sehr um mich. Bald merkte ich, dass er über eine sehr gute Menschenkenntnis verfügte und mir deswegen Eindruck machte. Wie mir schien, war er sehr intelligent. All dies gab mir Vertrauen, sodass ich mit einer Verabredung einverstanden war.

Wir trafen uns in Lugano. Er musste nochmals an seinen Arbeitsplatz zurück und gleichzeitig wollte er mir sein Büro und seine Tätigkeit zeigen. Es war das Gebäude vom RAI-Fernsehen. Wir gingen in sein eigenes Büro. Ich konnte mir vorstellen, dass er dementsprechend eine wichtige Persönlichkeit sein musste. Aber natürlich nicht so romantisch wie ich es gerne hätte.

Ich fühlte mich nicht so wohl mit ihm, trotzdem war das Zusammensein sehr nett. Mein Kopf schwirrte viel mehr als mein Herz. Frau Brenn musste ich dies berichten. Sie war entzückt. Voller Freude und Staunen sagte sie: «Lea, welch einen Mann hast du da aufgefischt. Das ist Gianni Trog vom Fernsehen, er ist ein fantastischer Journalist, den man fast jeden Tag sehen kann. Ja, das ist ein Mann für dich.»

Weil ich aber keinen Fernseher hatte und auch immer bis spät arbeiten musste, hatte ich ja keine Gelegenheit mir auch nur die Nachrichten anzusehen und hatte auch keine Ahnung vom Geschehen der TV-Sendungen. Von der Zeitung realisierte ich nichts. Aber dieses Wissen, das Gianni der bekannte Journalist war, machte mir keinen Eindruck, eher etwas Angst.

Bei der folgenden Verabredung hatte ich viel mehr Vertrauen zu ihm und wir verbrachten einen wunderschönen Abend zusammen. Jedoch all zu nahe wollte ich ihm nicht kommen. Er war voll begeistert von mir und wollte unbedingt, dass ich zum Fernsehen komme. Denn von vier Sprachen Kenntnis zu haben, wäre ich eine gute Kraft fürs Fernsehen, die sie im TV nötig hätten. Aber das leichte Leben, was man so hörte, wollte ich lieber nicht, zudem bin ich keine Schönheit. Jedoch war es sehr verlockend. Darum sagte ich zu Gianni: «Fürs Fernsehen müsste ich viel hübscher sein.»

«Oh nein, du bist sehr hübsch und wenn ich dir diese Offerte mache, ist es ernstgemeint. Ich wäre glücklich mit einer Zusage.»

Als Arztgehilfin und Laborantin war ich ja schon gut eingelebt, und was mich beim Fernsehen erwarten würde, weiss man nicht. Frau Brenn musste ich um Rat fragen. Auch sie empfand wie ich und konnte auch nicht weiterhelfen. Also wusste ich immer noch nicht, ob ich eine Veränderung eingehen sollte.

Als ich wieder mit Gianni zusammen war, sagt er: «Ich muss nach Süditalien, eine sehr gefährliche Aufgabe wartet auf mich. Ich weiss nicht, ob ich lebend wieder nach Hause komme. Es liegt mir sehr am Herzen die Kriminalität aufzudecken, aber die Mafia ist wahnsinnig gefährlich. Bitte Lea sage mir, dass du mich liebst. Ich brauche die Kraft, damit ich diese gefährliche Aufgabe erfüllen kann. Und sei ehrlich zu mir.»

Mitfühlend probierte ich ihm zu erklären: «Ich kann ja nur ehrlich sein und ich habe dich sehr, sehr gerne, aber lieben weiss ich nicht. Mehr kann ich dir nicht sagen. Hingegen will ich für dich beten, damit du wieder heil zurückkommst. Dir wünsche ich eine gute Reise und Erfolg.»

Leider habe ich ihn nie wieder gesehen, noch von ihm gehört.

Dario und Ino in der Schweiz

Dario und Ino waren an eine Hochzeit in Deutschland eingeladen. Bei meinen Eltern durften sie übernachten und zwar in meinem Zimmer. Von dort aus telefonierten sie mir,

dass sie mich besuchen werden in Bellinzona, damit wir ein Wochenende zusammen verbringen könnten. Das war eine Überraschung. Ich freute mich über ihren Besuch und zeigte ihnen die schönsten Ecken vom Tessin. Dario schenkte mir einen rotgoldenen Ring mit einem Kristall. Ich bekam Angst, aber er sagte: «Dies soll einfach ein Andenken an mich sein. Klar wäre ich nicht abgeneigt, wenn du mich heiraten würdest.»

Ja der Schlaumeier! Aber er hatte ja Franca, die er heiraten konnte, weil ich nichts anderes als reine Freundschaft mit ihm haben wollte, und so blieb es bis heute.

Reiten

Für den kommenden Sonntag organisierte die Reitschule ein Ausritt. Es war für alle die mitmachen wollten. Hannelore und ich waren natürlich dabei. Es ging los in Zweierkolonne. Leider hatte Hannelore Probleme mit ihrem Pferd, es wollte immer schräg gehen. Schliesslich wurde es ihr zu dumm und sie entschied sich, als letzte der Kolonne zu reiten und alleine. Nun musste ihre Seite aufschliessen. Ausgerechnet diesen Müller bekam ich als neuen Nachbarn. Er stellte sich vor als Bruno. Auch noch das, zwei so blöde Namen. Aber er ist auch in Winterthur aufgewachsen, also aus meiner Heimat. Auch besuchte er das Technikum und sogar war er in derselben Klasse wie meine Freunde. Eigenartig, trotzdem begegnete ich diesem Burschen nie. Mich freute es unheimlich, wieder einmal an die schönen Stunden von früher erinnert zu werden. Ich fühlte mich wohl, in Gedanken in die alte Heimat versetzt zu sein. Er fragte mich, ob ich beim nächsten Ausritt wieder dabei sein werde. Das war sicher, dass meine Freundin und ich wieder mitmachen werden.

Der folgende Ausritt ging dem Ticino entlang und hinunter bis zum Wasser. Dort durfte ich zum ersten Mal über die Sandbänke den Jagdgalopp ausüben. Das war ein herrliches Erlebnis. Danach überquerten wir die Magadino-Ebene und kamen zum Bahngleis. Gerade in diesem Moment rollte ein Zug heran. Mein Pferd scheute und obwohl ich als Anfängerin ein ruhiges, fast lahmes Pferd hatte, schoss dieses plötzlich hoch auf die Hinterbeine und sauste mit mir davon. Die ganze Gruppe hatte Angst um mich, besonders Luis, der die Verantwortung hatte. Alle sahen schon, wie mich das Pferd abwirft und vielleicht verloren geht. Aber ich hatte das Pferd gut im Griff und konnte es beruhigen und mich mit meinen starken Beinen gut halten. Schliesslich konnte ich das Pferd heil zurück zur Gruppe führen. Von diesem Moment an war das Pferd sehr lebhaft, aber nur wenn ich es ritt.

Luis fragte Hannelore und mich: «Hättet Ihr Lust am Samstag beim Tagesausritt mitzureiten?»

Natürlich waren wir beide dabei. Der Tagesausritt ging durch die Wälder gegen den Monte Ceneri und über den Berg, wo man bis auf Lugano und den See hinunter sehen konnten. Es war eine wunderschöne Tour.

Luis offerierte uns: «Am folgenden Samstag habe ich frei und könnte Euch nochmals in diese Gegend führen zum Lago di Origlio. Dort könnten wir unser Picknick essen.»

Klar waren wir wieder voll dabei. Bruno kam natürlich auch immer mit, weil ich anwesend war. Er wollte mich für den nächsten Ausritt unbedingt zuhause abholen, trotzdem ich ihm erklärte, dass ich mit meinem Auto fahre und ich Hannelore mitnehme. Schliesslich sagte ich o.k., weil er mir versprach Hannelore auch abzuholen.

Hannelore und ich offerierten Luis, für ihn das Picknick mitzubringen. Aber zum Picknick Einkaufen wollte Bruno unbedingt mitkommen.

Unfall

Freitag, als ich meine Arbeit beendet hatte, stieg ich ins Auto und fuhr aus dem Parkplatz gegen die Strasse, wo ich nach links fahren wollte. Da kam gerade ein Auto von links. Ich wartete bis es vorbei war. Dann liess ich mein Auto ganz langsam hinausrollen, weil von rechts ein Auto angebraust kam. Aber schon flog ich durch die geschlossene rechte Tür hinaus durch die Luft und Richtung eines Rads vom einem Auto. Ich rollte mich zusammen, so wie ich es zum Eislaufen geübt hatte. Als ich aufstand hingen die Kleider auf meiner rechten Seite zerrissen hinunter und ich hatte am rechten Knie eine kleine Schürfung.

Mein Auto hatte eine Pirouette gemacht und landete, zusammengequetscht wie eine Ziehharmonika, in einer Garageneinfahrt.

Mein Chef kam soeben von der Visite zurück und erschrak fürchterlich. Ich konnte im Moment nicht sprechen. Aber die Nachbarin, die im Garten gegenüber war, hatte auf ihren Mann gewartet und das ganze Geschehen beobachtet. Sie erzählte uns: «Mein Mann fuhr von unten her nach Hause und musste links abbiegen. Von oben kam ein Auto dahergerast und weil dieser sah, wie mein Mann abschwenkte, raste er auf die andere Strassenseite, wo er direkt in Signorinas Auto hineinfuhr. Der verrückte Fahrer fuhr gleich wieder auf die rechte Seite, wo zwei parkiert Autos standen. Das eine Auto war ein VW, welcher den Motor normalerweise hinten hat, und nach dem Zusammenstoss befand sich der Motor vorne im Auto. Auch beim davor parkierten Auto hatte er noch das ganze Heck eingedrückt. Das Auto der Signorina machte eine Pirouette und schleuderte in die dortige Garageneinfahrt.»

Mein Chef untersuchte mich sofort und stellte eine leichte Hirnerschütterung fest. Er schickte mich sofort ins Bett um still zu liegen. Nur wenn ich völlig ohne Kopfschmerzen am anderen Tag aufstehen könne, dürfe ich mich wieder normal bewegen.

Gott sei Dank! Ich war gut davon gekommen, ausser zerrissenen Kleidern, einer Schürfung und einer leichten Hirnerschütterung, sonst nichts. Zum Glück musste man sich damals noch nicht anschnallen, sonst hätte ich im Auto meine beiden Beine total zerquetscht gehabt.

Tagesausritt mit Bruno

Als nun am Samstagmorgen Bruno mich abholen wollte, sah er kein Auto vor dem Haus und erschrak. Trotzdem schaute er ob ich zu Hause sei.

Als ich die Türe öffnete, war er erstaunt, dass ich doch noch auf ihn wartete im Reitkostüm. Hingegen staunte er noch mehr, als ich von meinem Unfall erzählte, denn mit so einem Autounfall müsste ich ja schwer verletzt sein.

Nun war ich doch froh, dass ich Bruno erlaubte, mich abzuholen und so konnte ich auch ohne Auto zum Reiten gehen und mit ihm zusammen Hannelore abholen.

Das Picknick für Luis hatte ich auch bereit. Wieder war der Ausritt sehr schön, aber es war fürchterlich heiss. Als wir uns zum Essen hinsetzten, spürten wir keinen Hunger, nur Durst. Mein Picknick hätte allein für die ganze Gruppe gereicht. Aber unser Durst war so gross, dass wir noch ins Restaurant mussten.

Soviel Picknick blieb übrig, dass Hannelore, Bruno und ich beschlossen, uns am folgenden Tag wieder zu treffen und per Auto an den Lago di Origlio zu fahren. Dort konnten wir baden und unser Picknick aufessen.

Bruno war gar nicht meine Masche, aber weil er auch aus Winterthur stammte und dieselben Bekannten hatte wie ich, zu allem auch noch ein Bäckerssohn ist, entstand einfach ein Gefühl der Zusammenhörigkeit. Deswegen war ich bereit, nochmals mit Hannelore und Bruno an den Lago di Origlio zu fahren.

Als Hannelore beim Schwimmen war, plauderte ich mit Bruno über das neuzeitliche Leben. Bruno erzählte mir von seiner Lebenserfahrung, die er in Afrika gemacht hatte. Er war dort Leiter einer Plantage und hatte ein Haus mit fünf Schwarzen, die für ihn den Haushalt machten. Klar machte dies mir Eindruck. Auch möchte er eine modernere Ehe führen als unsere Eltern, die ihre Jugend vor dem letzten Weltkrieg erlebten.

Nach dem Schwimmen waren wir alle drei richtig hungrig, trotzdem konnten wir vom übriggebliebenen Picknick nicht einmal alles essen. Dann ging es gemütlich wieder nach Hause.

Da ich ohne Auto war, bot Bruno mir an, mich am folgenden Morgen wieder abzuholen und in die Praxis zu führen. Das nahm ich natürlich gerne an. Wie schön, dass einmal jemand für mich da war und nicht immer umgekehrt.

Erster August

Der 1. August war am Montag. Damals arbeitete man noch am schweizerischen Nationalfeiertag bis nachmittags um 16 Uhr. Ich musste nur noch am Morgen in die Praxis. Anschliessend konnte ich für sechs Wochen in die Ferien verreisen. Weil mein Auto in der Garage war, musste ich diesmal per Zug zu meinen Eltern fahren.

Bruno holte mich wie abgemacht am Morgen ab und führte mich in die Praxis. Dann versprach er, mich am Mittag wiederum zu holen, um mich zurück in meine Wohnung zu führen, damit ich meinen Koffer packen und verreisen könne.

Beim Mittagessen dachte ich, eigenartig, wie sich Bruno um mich bemühte. In diesem Moment läutete es an meiner Tür und irgendwie wusste ich, wer draussen war und was passieren würde. Ich öffnete die Türe und wirklich stand Bruno draussen und sagte: «Entschuldige mich, dass ich nochmals störe, aber bevor du gehst, muss ich dich noch etwas fragen.»

Es war, als würden zwei starke Händen von hinten her meine Oberarme festhalten und eine Stimme sagen würde: «Dies ist dein Mann.»

Dann fragte mich Bruno: «Ich kann dich nicht für so lange Zeit weggehen lassen, ohne zu wissen was du dazu meinst. Darf ich hereinkommen? Willst du meine Frau werden?»

Ich war wie versteinert, trotzdem sagte ich: «Ja!»

Weiter fragte mich Bruno: «Wäre es möglich, dass du erst morgen verreisen würdest, und heute Abend mit mir zur Erstaugustfeier kommst?»

Eigenartig, auch das willigte ich ein. Irgendwie war ich überhaupt nicht mich selber, sondern es war wie eine Trance und eine Stimme von aussen welche sprach.

Am andern Morgen brachte mich Bruno auf die Bahn. Beim Verabschieden sagte er: «Wir werden uns während diesen sechs Wochen jeweils am Wochenende sehen. Einmal bei meiner Mutter und auch irgendwann und irgendwo einmal deine Eltern treffen.» So verabschiedeten wir uns, bis zum Wiedersehen bei Brunos Mutter.

Sommerferien

Bei meinen Eltern zuhause angekommen erzählte ich meine Neuigkeiten. Dann telefonierte Bruno, um uns bei seiner Mutter zu treffen, damit er mich ihr vorzustellen konnte, noch bevor ich nach Italien verreisen werde. Also verbrachten wir das Wochenende in Winterthur bei seiner Mutter.

Brunos Mutter hatte Gefallen an mir, ja sie zeigte wirklich Freude, als Bruno ihr sagte, dass er im Sinn hätte mich zu heiraten. Bruno sagte ihr, dass er nicht lange warten wolle, er müsse noch für drei Wochen ins Militär und danach solle unsere Verlobung stattfinden.

Damit ich meinen Eltern zwischendurch Bruno vorstellte konnte, vereinbarten wir, uns in einem Restaurant zu treffen, dies auf halbem Weg. Ich wollte damit meinen Eltern eine Freude machen, dass sie endlich ihren Schwiegersohn bekommen würden. Klar waren sie baff über diesen schnellen Vorgang, aber sicher werden sie froh sein, dass ich mich doch noch zur Heirat entschlossen hatte.

Mit meinen Eltern und deren Freunden fuhr ich, wie jedes Jahr, wieder nach Italien in die Ferien. Diesmal war es das letzte Mal mit meinen Eltern, weil ich Bruno das Ja-Wort gegeben hatte. Die Freunde meiner Eltern lachten mich aus und glaubten es nicht. Dario wurde sehr traurig, aber er hatte ja seine Franca.

Nach den Ferien

Unterdessen war mein Auto wieder zurechtgedrückt und abholbereit. Zu meiner Überraschung zahlte meine Versicherung für den Unfall, den der andere Autofahrer erzeugte. Sofort wehrte ich mich. Mein Versicherungsagent sagte leider ganz kühl: «Sie können froh sein, dass wir für Sie bezahlt haben. Sie sind die Schuldige, laut Polizeirapport.»

Nun ging ich aber in die Luft, so eine Frechheit. Schnell marschierte ich zur Polizei, um diesen Fall richtigzustellen. Aber tatsächlich war der Rapport gegen mich ausgestellt. Zu allem Unheil erklärte mir die Polizei, dass die Zeugenaussage der Nachbarsfrau im Garten keine Gültigkeit hätte, weil sie nur eine Frau sei. Sind die Tessiner noch so Hinterwäldler?

Unverschämte Frechheit. Nun half mir mein Chef Unterschriften zu sammeln. Aus dem Unfallformular war klar erkenntlich, dass unmöglich ich die Schuldige sein konnte. Leider nützte dies auch nichts. Auch Bruno setzte sich sofort ein, als er aus dem Militär zurückkehrte. Doch alles war vergebens und mir wurde sogar eine Busse auferlegt, die ich sicher nie zahlen werde.

Ich war bereits verheiratet, als dann endlich meine Schuld gestrichen wurde. Aber für alles andere war es bereits zu spät, um die leidige Geschichte rückgängig zu machen.

Die Beziehung mit Bruno

Als ich nach den Ferien zurück im Tessin war um meiner Arbeit nachzugehen, musste Bruno für drei Wochen ins Militär. Weiterhin trafen wir uns am Wochenende bei meinen Eltern oder bei ihm zuhause.

Als der WK vorüber war, verlobten wir uns im Oktober. Auf Ende Jahr musste Brunos Arbeit im Tessin fertig sein, und dann musste er die neue Baustelle in Brig im Wallis antreten. Dies war der Grund, wieso er möglichst bald heiraten wollte.

Denn der Weg zwischen dem Tessin und Brig führt durch das Tal Centovalli, welches im Winter gesperrt ist. Bruno müsste jeweils einen riesengrossen Umweg von Brig bis an den Genfer See hinunter fahren, dann durch den St. Bernard-Tunnel nach Aosta und von Italien über Varese hinauf nach Bellinzona. Oder er müsste das Auto aufladen, durch den Lötschberg-Tunnel und nach Bern, über Zürich und den Gotthard ins Tessin und wieder umgekehrt zurückfahren. Das wäre ja je zweimal eine Tagesreise gewesen und im Winter sehr gefährlich. Für solche Strapazen hatte Bruno keine Lust, darum wollte er bereits heiraten, um mich in seiner Nähe haben.

Nun fing für mich eine neue Aufgabe an, indem ich Verlobungskarten verschicken musste. An alle meine Freundinnen musste ich nun schreiben, dass ich leider kein Jungfernfest mehr gebe an meinem dreissigsten Geburtstag am 10. Dezember, sondern sie für den 27. Januar 1967 zu meiner Vermählung einlade.

Es war Herbst, da kam Umberto in die Praxis für eine Totalkontrolle. Aber eigentlich nur wegen mir. Stolz konnte ich ihm sagen: «Mit deiner Überlegung ist es etwas spät, weil ich mich Ende Oktober verlobe und nächstes Jahr heiraten werde.»

Das war für ihn eine grosse Enttäuschung, aber vermutlich auch das Richtige.

Nach der Verlobung

Nach der Verlobung dauerte es nicht mehr lange, bis Brunos Arbeit im Tessin zu Ende war. Danach ging er per 1. Dezember ins Wallis an seine darauffolgende Arbeitsstelle.

Er versprach mir, eine bessere und modernere Ehe zu führen, als unsere Eltern. Ich wunderte mich, wie das gehen sollte, doch war ich überzeugt, dass er viel mehr Erfahrung hatte als ich und vertraute ihm.

Meinem Chef, Dr. Serena, sagte ich, dass ich Ende Dezember meinen Beruf als Arztgehilfin-Laborantin aufgeben möchte, um in den Ehestand einzutreten. Klar war er nicht erfreut, da wir sehr gut zusammen gearbeitet hatten.

Weil die Praxis zwischen Weihnachten und Neujahr geschlossen blieb, reiste ich vor Monatsende zu meinen Eltern. Ich machte die ganzen Vorbereitungen für unsere Hochzeit alleine. Suchte vierzehn Tage lang ein Kleid für eine Winterbraut, in St. Gallen, Winterthur und Zürich. Leider fand ich nichts und schlussendlich entschied ich mich, alles selber zu nähen, auch für meine zwei Patenkinder, die mir den Schleier tragen durften. Es war enorm viel Arbeit, denn für mich nähte ich ein schlichtes Kleid, dafür einen dazu passenden Brokatmantel mit Pelz und Schleppe. Auch aus Pelz nähte ich ein Krönchen für den Schleier. Für meine beiden Patenkinder schneiderte ich je ein rosa Brokatkleid mit weissen Pelzen. Für deren Anprobe musste ich auch noch jeweils herumreisen.

Zudem musste ich noch den komplizierten Umzug vom Tessin ins Wallis machen. Alle Einladungen verschicken und das Drum und Dran. Alles zusammen war wahnsinnig anstrengend und ich war erschöpft, aber glücklich.

Zu allem Überfluss starb noch am 2. Januar mein lieber Onkel Emil. Für meine Familie war es sehr traurig und speziell für unsere darauffolgende Hochzeit.

Nun war alles bereit und der letzte Tag vor der Hochzeit war auch vorbei. Todmüde ging ich ins Bett um an meinem grossen Tag zu erwachen.